AF177385

Alice im Wolkenkratzerland

Von Christian Schwochert

Impressum:
©2025 Christian Schwochert
ISBN Softcover: 978-3-384-61990-7
Druck und Distribution im Auftrag des Autors:
tredition GmbH, Heinz-Beusen-Stieg 5, 22926
Ahrensburg, Germany/Deutschland
Kontaktadresse nach EU-Produktsicherheitsverordnung:
impressumservice@tredition.com

Kapitel 1: Alice im Kaffeeland

Die 26jährige Alice Wasikovka spazierte nach Feierabend durch die Wolkenkratzerstadt Frankfurt am Main. Der Arbeitstag in der großen Versicherungsagentur wo sie seit zwei Jahren tätig war, war alles andere als einfach gewesen. Normalerweise hatte sie zwei bis drei lästige Kunden am Tag; diesmal waren es Sieben gewesen. Sieben Leute, die sie mit ihren Problemen nervten und einfach nicht verstanden hatten wie Versicherungen funktionierten: Versicherungen suchten immer nach Ausreden um nicht bezahlen zu müssen. Alice hätte ihnen am liebsten den Film "Die Olsenbande fliegt über die Planke" empfohlen, wo gezeigt wurde wie Versicherungen ihre Kunden verarschen. Aber sie konnte sich das gerade noch verkneifen.

Eigentlich hasse ich diesen Job. Leute kommen zu uns, schließen im guten Glauben eine Versicherung ab und wir verarschen sie dann. Das ist einfach nicht richtig, dachte Alice, während sie dem Ziel ihres Spaziergangs näher kam.

Sie wollte sich pünktlich um 18:00 Uhr mit ihrem jüngeren Bruder in ihrem Stammlokal treffen. Vor etwas mehr als zwei Jahren waren sie gleichzeitig aus Thüringen nach Frankfurt am Main gezogen, weil sie beide dort Arbeit gefunden hatten. Und nun hatte ihr Bruder Peter große Neuigkeiten für sie. Alice schaute auf die Uhr und murmelte: "Noch zehn Minuten, aber das ist kein Problem. Das Restaurant ist nur zwei Straßen entfernt."

Sie wich einem auf dem Boden schlafenden Obdachlosen aus, vermied es in mehrere benutzte Spritzen zu treten und konnte es gerade so noch vermeiden in eine Pfütze aus undefinierbarer Flüssigkeit zu treten. "Wie wenn ich auf der Arbeit Minesweeper spiele", sagte sie zu sich selbst.

"Nur das die Minen nicht explodieren, sondern einen mit allerlei anstecken können", entgegnete ein Passant, der zufällig neben ihr lief und ihre Worte gehört hatte. Genau in dem Moment knallte etwa auf der anderen Straßenseite. Mehrere Jugendliche warfen Stinkbomben vom Dach eines Hauses und riefen dabei etwas in einer Alice fremden Sprache. Opfer dieses Bombenangriffs war ein älterer Türke, der auf türkisch zurück fluchte und drohend die Faust in Richtung des Dachs richtete. Alice hielt es für ratsam sich da nicht einzumischen und ging weiter. Wenig später kam sie bei ihrem Stammlokal an. Dort wartete ihr kleiner Bruder Peter bereits an einem Tisch auf sie. "Hallo Alice, wie geht es dir so?", fragte er.

Alice umarmte ihn zur Begrüßung und antwortete: "Nicht so toll. Der Arbeitstag war echt beschissen."

"Ach du Arme."

"Und wie geht es dir?", fragte Alice, bevor er mehr über ihren Tag erfahren wollte.

"Sehr gut. Ich werde bald heiraten."

Alice, die gerade dabei war sich an den Tisch zu setzen, sprang wieder auf. "Was? Echt jetzt?"

"Ja. Aber komm. Setz dich erst mal."

Alice setzte sich und auch Peter nahm wieder Platz.

"Und wer ist die Glückliche?"

"Ashley."

"Ashley? Was? Warum ausgerechnet Ashley?", fragte Alice erschrocken.

"Na komm schon, Alice. Wer hätte es denn sonst sein sollen? Ich bin seit einem Jahr mit ihr zusammen; erinnerst du dich?"

"Das habe ich wohl verdrängt."

"Ach Alice. Was soll das? Ashley ist doch voll nett. Und sie mag dich."

"Eben das gibt mir ja zu denken, wenn ich daran denke was sie sonst noch so alles mag", meinte Alice.

"Hey. Sie mag mich auch; sonst würde sie mich ja nicht heiraten wollen."

"Kann sein. Aber worauf steht sie denn sonst noch? Auf die übelsten, krankesten Horrorfilme und Horrorgames die ich kenne. Ich meine, sie hat das Computerspiel 'The Coffin of Andy and Leyley' immer wieder gespielt und liebt dieses Spiel."

"Und was ist so schlimm daran?", wollte Peter wissen.

"Na das Spiel ist total abartig. Da geht es um Mord, Kanibalismus, Inzest, dämonische Rituale und..."

"... und die Figuren sind so krass überzeichnet, dass es Comedygold ist. Ich habe das Spiel auch gespielt und musste etliche Male herzhaft lachen."

"Du weißt das Leyley eigentlich Ashley heißt und das deine Ashley eigentlich Cindy heißt? Und das sie extra zum Amt gegangen ist und sogar Geld bezahlt hat, um

5

sich nach der Figur in diesem Spiel zu benennen?"

"Ja, und?"

Alice fasste sich an den Kopf. Dann fügte sie hinzu:
"Ich weiß eben einfach nicht um Ashley gut für dich ist.
Ich meine, sie hat sich Chloë Grace Moretz als Carrie
aus dem Film 'Carrie' und Emma Roberts als Jill
Roberts aus 'Scream 4' auf den Rücken tätowiert."

"Sie ist eben ein Fan."

"Jill alias Emma hat sogar ein Messer in der Hand."

"In Scream-Filmen passieren eben die meisten Morde
mit einem Messer. Aber komm, Fakten auf den Tisch.
Wieso ist Ashley nicht gut für mich? Habe ich mich
irgendwie negativ verändert, seid ich mit ihr zusammen
bin?"

"Nein, eigentlich nicht. Aber irgendwie ist sie mir
unheimlich."

"Ach Alice, ich bin mir sicher dir fällt auch etwas Nettes
über Ashley ein."

"Ja. Sie wählt keine der Altparteien. Das ist auf jeden
Fall ein Pluspunkt."

"Um ehrlich zu sein, geht sie überhaupt nicht wählen."

"Kann ich ihr nicht verübeln."

"Sie ist eine von den Guten, glaub mir. Sie hat nur
Hobbys, die dir etwas schräg vorkommen."

"Na gut; ihr wollt also heiraten. Meinen Segen habt Ihr;
ich kann dich ja ohnehin nicht abhalten. Wann und wo
soll die Hochzeit stattfinden?"

"Also wann genau wissen wir noch nicht, aber wo steht
schon fest. In unserer Heimat in Thüringen. Im Dorf wo
Opa wohnt. Dort werden wir heiraten und dort werden

wir auch wohnen; wir bereiten derzeit unseren Umzug vor."

"Ihr verlasst Frankfurt am Main?"

"Kannst du es uns verübeln?", fragte Peter und deutete nach draußen, wo gerade mehrere Tauben und Ratten eine Schlacht um ein auf dem Boden liegendes belegtes Brot austrugen.

"Eigentlich nicht."

"Und außerdem ist es günstiger ein Haus in Thüringen auf dem Dorf zu haben, als zwei Wohnungen in der Großstadt."

"Wohl wahr", stimmte Ashley betrübt zu.

Peter schaute sie fragend an. "Hör mal, du wirst mir fehlen. Du weißt, ich habe nicht gerade viele Freunde hier in Frankfurt..."

"Wenn man es genau nimmt, hast du hier überhaupt keine Freunde."

"Autsch."

"Tut mir leid, aber es stimmt ja leider. Du arbeitest viel zu viel und nimmst dir kaum Zeit für dich. Höchstens wenn du ab und an hier im Lokal herum hängst. Aber hier kommen nur wenig Leute rein und die wenigen Leute sehen noch kaputter aus als du. Du übernimmst dich Alice. Du reibst dich auf in einem hirnlosen, sinnlosen Mistjob in dem Menschen belogen und betrogen werden. Das tut dir nicht gut. Bevor wir hier her gezogen sind warst du oft fröhlich und super gut drauf. Ich habe dich damals auf dem Lande nur einmal wirklich traurig erlebt und das war damals als der Nachbarsjunge Adolf dir das Kaninchen geklaut und es

7

rosa angemalt hat. Dann hat er es gegessen, die kleine geistesgestörte Sau. Adolf ist übrigens auch nach Frankfurt gezogen und arbeitet heute bei der Börse. Aber genug von dem; dir geht es nicht gut, du gehst an dieser seelenlosen Großstadt zu Grunde. Mein Vorschlag ist: Du ziehst wieder zurück nach Thüringen, zurück in unser kleines aber feines Heimatdorf, wo jeder jeden kennt und wo die meisten Menschen lieb und nett und für einander da sind. Schmeiß deinen Job hin."

"Wieso glaubst du, dass Frankfurt am Main seelenlos ist?"

"Na sieh dir die Stadt doch an! Sieh dir die Leute an, die hier leben. Die einen leben im Elend und die anderen sind für das Elend verantwortlich. Und ja, ein paar anständige Menschen gibt es auch hier, aber diese Stadt, diese gottlosen Wolkenkratzer, sie vergiftet die Menschen."

"Was ist mit der Frankfurter Paulskirche? Die ist doch total schön. Und die berühmte grüne Sauce?"

"Damit hast du zwei gute Punkte. Aber sieh dir den Hauptbahnhof an und die Gegend drum herum. Sieh die die Ghettos und Parallelgesellschaften an. All den Müll, all die Drogendealer und ihre Kunden. Und dann die Hochhäuser, die Frankfurter Börse. All die Reichen aus der Oberschicht und ihre Angestellten, die den Globalismus und die Umvolkung voran treiben. Ganz ehrlich: Es war ein Fehler hier her zu ziehen und ich mache diesen Fehler rückgängig. Du bist jederzeit willkommen es mir gleich zu tun. Du kannst gerne bei

mir und Ashley oder unserem Großvater wohnen."
"Aber was ist mit meinem Job? Ich verdiene damit viel Geld."
"Geld ist nicht alles und für das Geld das du da verdienst, kannst du dir gerade so deine Wohnung, Kleidung und Lebensmittel sowie ab und an essen gehen leisten", merkte Peter an.
"Und was ist mit dir? Wovon wollen du und Ashley leben, wenn Ihr wieder auf dem Dorfe wohnt? Dort gibt es kaum Jobs."
"Kein Problem. Früher sagte man 'Hartz 4 und der Tag gehört dir'. Heute muss es eben heißen: 'Bürgergeld und der Tag dir gefällt'. Ashley und ich haben darüber gesprochen. Wir kassieren lieber Bürgergeld, als für diesen Staat zu arbeiten. Ein Staat, der sein eigenes Volk durch Massenzuwanderung zu Grunde richtet, verdient unsere Arbeitskraft nicht. Wir werden von Bürgergeld und Schwarzarbeit leben. Dieser Staat presst seinen Bürgern ohne Ende Steuern ab, wenn sie fleißig arbeiten. Darauf können wir gerne verzichten."
"Und was ist mit der Rente? Für die muss man doch arbeiten", wandte Alice ein.
Peter winkte ab. "Als ob wir, wenn wir mal alt sind, eine ordentliche Rente bekommen. Leere Versprechen. Ohnehin findet seit Jahren eine Geldentwertung statt, sodass selbst wenn wir eine hohe Summe an Euros im Alter bekämen, diese dann kaum etwas wert wäre. Nein, nein. Wir sorgen selbst für unsere Rente. Wir legen jeden Monat etwas beiseite und kaufen uns schöne Silbermünzen."

"Na gut, immerhin hast du einen Plan. Aber ich weiß nicht, ob ich einfach so zurück nach Hause ziehen kann. Es würde sich anfühlen, als ob ich es in der Großstadt nicht schaffen täte."

"Du schaffst es auch nicht in der Großstadt, Alice. Die Großstadt schafft dich. Sie ist hart und brutal und gerade bei jungen Frauen vom Lande wirkt ihr Gift besonders gut. Versteh mich nicht falsch; ich kenne da zum Beispiel ein paar Leute aus Berlin; mit denen habe ich übers Internet coole Gespräche über die politische Lage der BRD geführt. Aber die sind in Berlin geboren und aufgewachsen. Mit denen ist es wie mit den Einheimischen in Indien oder Ägypten; die können das Wasser da trinken ohne davon krank zu werden, denn sie sind es von Klein auf gewöhnt. Aber wenn jemand neu da rein kommt, kann ihn das umhauen. Und du siehst oft ziemlich umgehauen aus, Alice."

"Ich weiß nicht. Was ist, wenn ich die Großstadt umhaue, so wie die Heldin der Serie 'Caroline in the City'."

"Erstens ist das nur eine Serie und zweitens wurde die Serie nie richtig beendet. Die 'City' hat also im Grunde Caroline besiegt und das ganze Serienteam gleich mit", meinte Peter.

"Na ja, vielleicht hast du recht und die Stadt vergiftet die Leute. Aber nur wenn die Leute es zulassen."

"Selbst wenn du es nicht zulässt, tut es dir nicht gut hier zu sein. Ich sehe dich kaum noch lächeln, dabei warst du früher immer so fröhlich."

"Die Stadt ist schon verrückt. Als ich vorhin das

Bürogebäude verließ, schrie mir jemand 'Scheiß AfD!' entgegen. Wohl weiß ich gerade dabei war meinen Mantel anzulegen und unter dem Mantel mein blaues Kleid ist", sagte Alice und deutete auf ihr Kleid.

"Sieht sehr hübsch aus. Gut das du es unter dem Mantel versteckst. Das Hässliche und Böse erträgt nichts Hübsches. Wenn die Leute zu viel von den Kleid sehen, würden sie nur versuchen es zu zerstören", vermutete Peter.

"Hoffentlich nicht."

"Weißt du was; zur Sicherheit begleite ich dich, wenn wir nachher gehen, bis nach Hause."

"Okay."

Alice und Peter warfen einen Blick nach draußen. Dort hatten die Tauben den Kampf um das Essen offenbar gewonnen. "Ich mochte Taubsi schon immer lieber als Rattfratz", konnte sich Peter eine Anspielung auf Pokemon nicht verkneifen.

"Na ja, die Tiere müssen halt auch irgendwie leben."

"Schon, aber wir hätten diese Rattenplagen nicht, wenn die Leute ihren Müll nicht in Massen auf die Straße werfen würden. Diese Stadt ist so asozial geworden. Ich wage zu bezweifeln, dass sie während der Kaiserzeit schon so war. Ja, nicht mal in der Adenauerzeit war es so schlimm. Damals lebten ja auch noch viele Leute, die im Kaiserreich sozialisiert wurden und entsprechende Werte lebten. Wenn ich daran denke, wie schön sogar Frankfurt am Main in dem Heidi-Film von 1952 aussah. Gott, was war Deutschland damals herrlich. Ein sauberes, sicheres Land. Und große Schauspieler hatten wir, wie den Theo Lingen. Und was haben wir heute? Lauter linke Gutmenschen, die sich 'Promis' nennen. Es ist abartig."

Peter überlegte kurz und meinte dann: "Ja, ich werde mich in Thüringen wieder sehr wohlfühlen. Ashley und ich waren vor ein paar Tagen kurz dort und haben in einem leckeren Lokal gegessen. Da stand plötzlich jemand auf und rief mit einem Bierglas in der Hand: 'Ein Hoch auf Björn Höcke! Er hat heute Geburtstag!' Daraufhin riefen alle 'Hoch!' oder 'Hipp Hipp Hurra!' Es ist dort in Thüringen einfach viel herzlicher als hier in Frankfurt am Main."

Alice seufzte. "Na gut. Ich werde einen Umzug nach Thüringen in Betracht ziehen. Frankfurt ist auch mir zu bunt. Und viel zu viele Bewohner nehmen all die üblen, vielfältig abartigen Zustände einfach so hin. Alles ist zugemüllt und zugeschissen und die Leute scheinen sich daran zu gewöhnen. Aber irgendwie... ach ich weiß auch nicht; irgendwie hänge ich schon an diesem Job. Auch wenn er scheiße ist, auch wenn der Chef Dr. Habicht ein Arsch ist und auch wenn Leute betrogen werden; irgendwie brauche ich das."

"Was genau?"

"Na einen Job. Einen geregelten Tagesablauf."

"Siehst du, Alice. So kriegen sie dich."

"Wer?"

"Na die Leute aus dem inländerfeindlichen BRD-System. Sie bringen uns schon in der Grundschule bei wie wichtig ein geregelter Tagesablauf ist, indem sie uns ihren geregelten Ablauf aufzwingen. Und selbst bei denen, bei denen die offensichtliche linksgrüne Umerziehung nicht wirkt, wirkt trotzdem das durch zehn Jahre Schule antrainierte Tagesstruktursystem. Und so locken sie einen in die Falle des Arbeitsmarktes."

"Was heißt locken? Wir haben ja gar keine andere Wahl als zehn Jahre zur Schule zu gehen. Wegen der Schulpflicht werden wir ja dazu gezwungen. So wurde aus einer einstmals guten Sache, dem 'Recht auf Bildung', ein Zwang."

"Recht hast du. Und dieser Zwang geht im Arbeitsleben munter weiter. Man ist abhängig von einem geregelten Tagesablauf und ja; es kann sinnvoll sein seinen Tag zu regeln. Aber es bist ja nicht du selbst, die den Tag regelt, sondern die Leute die mehr Macht haben; seien es Lehrer oder Chefs."

"Das heißt aber auch, dass wenn ich Frankfurt verlasse, ich mich selbst darum kümmern muss meinen Tag zu strukturieren."

Peter nickte. In diesem Augenblick gesellte sich der Wirt zu ihnen und fragte, ob sie etwas bestellen wollten. Beide bestellten einen Kaffee und als der Wirt den Tisch wieder verlassen hatte, sagte Alice: "Ich weiß nicht, ob ich mir das zutraue. Bisher haben das immer andere übernommen."

"Ich weiß. Zuerst unsere Eltern, die ja inzwischen nach Ungarn ausgewandert sind, dann die Lehrer und schließlich die Arbeitgeber. Aber ich habe den Kreislauf durchbrochen; das kannst du auch. Komm Alice, übernimmt die Verantwortung. Arbeitslos sein bedeutet große Verantwortung zu übernehmen", sagte Peter, während er die Hände von Alice ergriff.

Alice zögerte. "Ach ich weiß nicht. Selbst wenn ich das mache, wäre ich ja abhängig vom Jobcenter oder der Agentur für Arbeit."

"So schlimm ist das nicht. Du müsstest bloß alle paar Monate mal zu einem Gespräch vorbei kommen."

"Und mich auf die Jobs bewerben, die die mir aufdrücken."

"Wer sagt denn das deine Bewerbungen ihr Ziel erreichen? Tippfehler im E-Mail passieren ständig", meinte Peter und zwinkerte seiner großen Schwester kameradschaftlich zu.

"Ich denke darüber nach."

"Das heißt also nein."

"Nein, das heißt nicht nein. Das heißt, dass ich darüber nachdenke. Ich kann das nicht jetzt entscheiden. Okay?"

"Okay."

Der Wirt kam mit dem Kaffee und Alice quatschte noch eine Weile mit ihrem Bruder, bis sie beide schließlich nach vielen durchaus annehmbaren Kaffees beschlossen, dass es Zeit war nach Hause zu gehen.

*

Es war schon dunkel draußen, als Peter Alice vor ihrer Wohnung absetzte und sich nach einer kurzem Umarmung auf den Weg zu seiner Ashley machte. Alice schloss die Hauseingangstür auf und betrat den dunklen Hausflur. Das Licht im Erdgeschoss war mal wieder kaputt und die Firma der das Gebäude gehörte ignorierte konsequent jede Beschwerde diesbezüglich. Aber bei der letzten Mieterhöhung funktionierte deren Poststelle dann plötzlich ohne Probleme.

Eine Ratte huschte an Alices Füßen vorbei und die junge blonde Frau erschrak für einen Moment. Der Schreck währte jedoch nur kurz, denn an die Ratten im Gebäude war sie inzwischen gewöhnt. Alice ging nach oben in den dritten Stock und machte sich ein bescheidenes Abendessen. Dann setzte sie sich auf ihr Sofa und begann damit sich eine Pfeife zu stopfen. Seit sie das im Urlaub bei ihren Eltern bei einem netten Ungarndeutschen gesehen hatte, war sie auf den Geschmack des Pfeiferauchens gekommen. Sie qualmte sich schön das Zimmer voll und spielte anschließend mit ihrem rechten Zeigefinger im Rauch herum. Nachdem sie sich eine Weile entspannt hatte, fiel ihr ein, dass sie noch den Müll runter bringen musste. "Ach verdammt. Wenn ich das jetzt nicht erledige, vergesse ich es morgen, wenn ich früh zur Arbeit muss."

Also raffte sich Alice auf, nahm sich ein paar Tüten und brachte den Müll nach unten. Eigentlich hatte sie wenig Lust darauf, aber sie wollte nicht morgen nach der Arbeit stinkenden Abfall in der Wohnung herumliegen haben. Unten im dunklen Hausflur kam plötzlich ein unerkennbarer Typ wie aus dem Nichts angesprungen und sagte zu Alice: "Hier ist Johnny."

Blitzschnell rammte er der erschrockenen Alice eine

Spritze in den linken Oberarm und rannte dann in Richtung der Tür zum Hof. Alice schrie panisch auf und warf ihm ihre Mülltüten hinterher. Dann zog sie sich schnell die Spritze aus dem Arm und rannte zur Tür. Sie war offen. Alice knallte sie zu und schloss ab. Den Schlüssel ließ sie stecken, holte geschwind ihr Handy hervor und rief die Feuerwehr sowie die Polizei. Bei beiden Anrufen landete sie in der Warteschleife und am Ende des zweiten Telefonats wurde ihr schwindelig. Krampfhaft versuchte sie sich auf den Beinen zu halten.

Ende des ersten Kapitels

Bildteil: Frankfurt am Main, wie es früher einmal war

Kaum zu glauben, aber Frankfurt am Main war mal eine wunderschöne Stadt. Darum möchte ich Ihnen ein paar schöne und vor allem gemeinfreie Bilder aus dieser Zeit nicht vorenthalten. Die Bilder zeigen Frankfurt am Main in der guten alten Zeit, als es noch eine saubere, sichere, stabile Stadt war. Sie sollen sehen wie wundervoll Frankfurt mal war und auch wieder werden kann, wenn die Menschen endlich aufwachen und etwas gegen die Zustände unternehmen.

Sie sollen sehen, dass auch alles anders sein kann. Gut, theoretisch könnte ich auch ein paar aktuelle Bilder des heutigen Frankfurt nehmen und Ihnen diese Ekelbilder zeigen, aber wozu? Leider können Sie solche Bilder schwerer Straftaten Tag für Tag in den Nachrichten im Internet sehen.

Da ist es doch manchmal deutlich angenehmer, mit diesen alten Bildern ein wenig in schönen Erinnerungen zu schwelgen, oder?

Also nun viel Spaß mit dem Bildteil des Buches, der natürlich auch den Zweck hat die Spannung zwischen Kapitel 1 und Kapitel 2 für den Leser zu erhöhen :-).

Und um die Buchkaufkosten für Sie als Leser möglichst gering zu halten, wurden die Bilder alle in schwarz-weiß gedruckt.

Die Entdeckung der Frankenfurt durch Karl den
Großen. Aquarell von Leopold Bode, 1888.

Das Roemer Salzhaus zwischen 1896 und 1900.

Die Frankfurter Paulskirche im Jahr 1848, auch wenn ich kein Fan von Parlamenten und diesem Demokratiequatsch bin, ist es doch ein schöner, historisch bedeutender Ort.

Nochmal besagte Paulskirche. Diesmal beim Einzug der Abgeordneten. Irgendwie festlicher und stilvoller als es heutzutage in Berlin getan wird. Und irgendwie hat man den Eindruck, dass die Menschen damals es zumindest ehrlicher gemeint haben.

Die Frankfurter Nationalversammlung 1848. Politische Menschen und ihre Parteien, die sich tatsächlich mehr als nur dem Namen nach unterschieden.

Ein Bild des Innenraums der Paulskirche von 1892.

Eine alte Stadtansicht von circa 1617/1618.

Ein Luftschiffbild der Altstadt von 1911.

Von links nach rechts: die Häuser Goldener Schwan, der
Archivturm des Hauses Frauenrode, die Römergasse

und das Fertsch-Finger'sche Haus (vor 1900).

Kapitel 2: Alice im Ärzteland

Nach einer halben Stunde traf die Polizei ein. Ein uniformierter Beamte klopfte an die Haustür und die wankende Alice öffnete ihm. Sie hatte es geschafft sich auf den Beinen zu halten und das Schwindelgefühl klang langsam aber sicher ab. "Haben sie uns gerufen?", fragte der Polizist.

Alice bejahte und er fragte sie sicherheitshalber nach ihrem Namen. Sie nannte ihn und zeigte ihm, wo sie den Täter eingesperrt hatte. "Aus dem Hinterhof gibt es kein Entkommen. Die Fenster in den unteren Stockwerken sind vergittert und nur diese Tür führt aus dem Hof hinaus. Sagen Sie, wann kommt denn der Krankenwagen?", fragte Alice.

"Das weiß ich nicht."

"Und warum sind Sie allein gekommen?"

"Weil der Polizeiapparat massiv überlastet ist. Sie können froh sein, dass überhaupt ein Polizist gekommen ist."

Alice seufzte. Dann sagte sie: "Jedenfalls... die Spritze die mir der Kerl in den Arm gerammt hat liegt dort drüben auf dem Boden."

Alice leuchtete mit ihrem Handy in Richtung der entsprechenden Stelle. Der Polizist holte zusätzlich seine Taschenlampe heraus, um im Hausflur für weiteres Licht zu sorgen. Er schaltete das Ding an und es funktionierte nicht. Erst nach ein paar sanften Schlägen leuchtete die Lampe. "Verfluchte Funzel", murrte er und begab sich in Richtung Spritze.

Er nahm die Lampe hinten in den Mund und sammelte die Spritze in eine kleine Beweismitteltüte ein. "Keine Sorge. Da sind noch Reste drinnen und unser Labor wird analysieren, worum es sich handelt."

"Und warum genau soll ich mir da keine Sorgen machen? Unabhängig davon das Sie es analysieren, kann dass Gott weiß was für Zeug gewesen sein, was mir dieser Typ da reingespritzt hat."

"Nun, schauen wir mal was wird. Auf jeden Fall wird es Ihnen nicht helfen, wenn Sie sich zu viele Gedanken machen. Also: Der Täter ist im Hof. Hat er sich seitdem irgendwie bemerkbar gemacht?"

Alice schüttelte den Kopf und sagte: "Nein."

"Dann schließen Sie mal auf."

"Wollen Sie nicht auf Verstärkung warten?"

"Es wird keine Verstärkung kommen. Wir sind total überlastet und das zu einem nicht unerheblichem Teil selbstverschuldet."

"Wie meinen Sie das?"

"Das ist jetzt nicht wichtig. Öffnen Sie nun bitte die Tür."

Alice schloss die Tür auf und der Polizist leuchtete in den Hof. Während sie im Eingangsbereich stehen blieb und mit ihrem Handy für zusätzliches Licht sorgte, leuchtete der Beamte mit seiner Taschenlampe überall hin und richtete seine Waffe samt Lampe in jeden Winkel. Doch es war nirgendwo jemand zu sehen. Der Polizist begann damit die Mülltonnen zu öffnen, aber auch dort versteckte sich niemand. "Niemand zu finden", sagte der Beamte.

"Könnte er vielleicht da lang verduftet sein?", fragte Alice einer Eingebung folgend und deutete auf einen breiten Abflussdeckel mitten im Hof.

"Möglich."

Der Polizist beugte sich zum Deckel hinab und rüttelte daran. Tatsächlich war der Deckel locker. Er leuchtete hinein und da ging es tief hinunter. "Verdammt. Der Mistkerl muss in die Kanalisation geflüchtet sein. Im Grunde kann er nun überall hinaus, wie es ihm gerade passt. Den finden wir nicht mehr."

Alice begann zu überlegen. Der Täter war eigentlich viel zu groß gewesen, um in diesen schmalen Schacht hinein gekommen zu sein. "Höchstens mit irgendeinem Schrumpfmittel hätte er es da runter geschafft...", murmelte Alice.

"Sagten Sie etwas?", fragte der Beamte, der immer noch in den Schacht starrte.

"Äh... ja. Ich fragte mich wo der Krankenwagen bleibt. Das was mir da gespritzt wurde kann Gott weiß was sein und ich würde es gerne wieder aus meinem Blut bekommen."

Alice hielt es für besser, ihm von ihrer Theorie mit dem Schrumpfen nichts zu sagen. Sonst dachte er noch, sie hätte sich das Zeug selbst gespritzt und sich alles nur eingebildet. "Am besten rufen Sie nochmal an", schlug der Beamte vor.

"Gute Idee."

Alice rief noch einmal die 112 an und landete wieder in der Warteschleife. Irgendwann wurde sie dann mit einem echten Menschen verbunden und konnte ihr Anliegen vortragen. Dort hieß es jedoch, der Krankenwagen würde noch eine Weile brauchen.

"Wissen Sie, es hat mal wieder einen Amoklauf mit einem Messer in der Innenstadt gegeben. Es tut mir ja auch leid; könnten Sie sonst irgendwie Hilfe bekommen?", fragte die Dame am anderen Ende des Telefons.

Alice wandte sich an den Polizisten: "Offenbar gab es wieder eine Messerattacke und ich wurde gefragt, ob ich auf andere Weise Hilfe bekommen könnte."

"Tja... diese verdammten Messer. War bestimmt in einer Messerverbotszone. Warum halten sich die Messer nicht an Verbotszonen? Schämen die sich denn gar nicht. Böse böse Messer", meinte der Polizist mit bissig-ironischem Ton.

Dann fügte er hinzu: "Meine Schwester hat eine Arztpraxis auf dem Lande. Östlich der Stadt. Ich könnte sie anrufen."

"Danke. Das wäre sehr hilfreich."

"Sie würde allerdings Geld für die Untersuchungen verlangen."

"Kein Problem. Hauptsache mir wird geholfen."

Ein Problem wäre es, wenn ich kein Geld hätte. Was wohl vielen Leuten in der Stadt so geht, fügte Alice in Gedanken hinzu.

Der Polizist rief bei seiner Schwester an und diese gab ihr Okay. Alice sagte das der Dame am anderen Ende vom Telefon und legte dann auf. Sie verließen den Hof wieder, nachdem der Beamte den Deckel wieder auf den

31

Abfluss getan hatte. Alice schloss die Tür ab und der Polizist meinte: "Ich weiß ja nicht was der Spinner Ihnen gespritzt hat, also gehen wir besser zu Ihnen nach oben und Sie packen ein paar Sachen. Ich fahre Sie dann zu meiner Schwester."

"Alles klar. Danke."

Also begaben sie sich nach oben und Alice packte etwas Kleidung, etwas Bargeld, ihr Zahnputzzeug und etwas zu lesen ein. Anschließend ging sie mit dem Beamten zu dessen Wagen und sie fuhren los. Er ließ Alice sogar auf dem Beifahrersitz sitzen, was gewiss gegen die Vorschriften war. Aber irgendwie schienen ihm diese Vorschriften scheißegal zu sein. Alice wunderte sich noch immer darüber, dass er alleine unterwegs war.

"Sagen Sie... wo ist Ihr Partner?"

"Weg."

"Oh Gott. Wurde er im Dienst getötet?"

"Nein, so schlimm ist es nun Gott sei Dank nicht. Aber er hat über die Drogendealer vor den Bahnhöfen geflucht und gefragt warum die nicht alle wieder dorthin verschwinden, wo sie hergekommen sind. Daraufhin hat man ihn vom Dienst suspendiert und wegen 'Volksverhetzung' angezeigt. Ich sag's ja; die Polizei ist zum Teil selber schuld daran, dass sie überlastet ist. Wenn sie anständige Kollegen wegen Meinungsdelikten ausschaltet. Einen haben sie neulich rausgeschmissen, weil er in der AfD ist."

"Eigentlich ist so etwas ja illegal. Niemand dürfte wegen seiner Weltanschauung diskriminiert werden", entgegnete Alice, während sie durch die dunkle Nacht fuhren und es wieder mal anfing zu regnen.

"Ja. Und eigentlich müssten Richter politisch neutral sein; ebenso wie die Medien. Eigentlich."

"Und warum hat man Ihnen keinen neuen Partner gegeben?"

"Dafür bräuchten wir mehr Leute. Einer wäre ja frei gewesen, aber der wollte nicht. Er meinte, dass er nicht mit dem Partner eines 'Nazis' zusammen fahren wollte. Kontaktschuld."

"Diese Stadt geht wirklich zu Grunde", bemerkte Alice.

"Stimmt. Nur was hält Sie noch hier."

Alice wusste es nicht so recht. Irgendwie ja ihr Job, aber da sie das dem Mann nicht so sagen wollte, antwortete sie mit einer Gegenfrage: "Und Sie?"

Er lachte. "Sie haben die Frage nicht beantwortet. Aber was soll's. Ich bleibe hier, weil irgendwer hier ja die Flagge hoch halten und sich für die Leute einsetzen muss. Und hätte ich statt 'Flagge' etwa 'Fahne' gesagt, wäre das wahrscheinlich auch schon 'voll Nazi' gewesen. Na ja, Scheiß drauf. Sie hatten großes Glück; wahrscheinlich sind Sie dem letzten anständigen Polizisten in der Stadt begegnet."

"Das ist aber nun doch etwas zu pessimistisch. Bestimmt gibt es zumindest noch ein paar andere anständige Polizisten. Oder?"

"Hm. Nun wo mein Partner raus ist, fällt mir eigentlich keiner ein. Keiner, der nicht mitgemacht hätte als bei Corona Menschen massiv verfolgt wurden, wenn sie mal keine Maske trugen. Dabei hätten die einfach nur wegsehen müssen; sie hätten einfach nichts machen müssen. Aber sie haben Maskenlose regelrecht gejagt. Und sobald es eine maßnahmenkritische Demo gab, wurde gegen die Demonstranten so hart vorgegangen, als wären es Terroristen. Gleichzeitig war und ist man scheißfreundlich zu denen die hierzulande die Errichtung eines Kalifats fordern. Ganz ehrlich: Eigentlich habe ich keinen Bock mehr auf diesen Laden. Aber ich bleibe, damit anständige Bürger zumindest eine Chance auf Hilfe haben. Zugegeben es mag nur eine kleine Chance sein, aber besser als gar nichts. Sagen Sie, wie fühlen Sie sich eigentlich?"

"Vorhin war mir etwas schwindelig, aber inzwischen geht es wieder. Trotzdem habe ich eine Scheißangst was da nun in mir drin ist."

"Keine Sorge. Meine Schwester ist eine hervorragende Ärztin. Sie wird Ihnen bestimmt helfen können. Aber man, Sie hätten mal dabei sein müssen als sie auf der Uni war. Wie sie und die anderen Studenten dort linksgrün indoktriniert wurden. Das war einfach unfassbar. Ich meine, sie studierte damals Medizin und bekam trotzdem linke Politikpropaganda eingetrichtert. Hat bei ihr zwar nicht gewirkt, war aber trotzdem übelst lästig. Inzwischen gibt es sogar Pflichtveranstaltungen die jeder Student besuchen muss und die null mit dem Fach zu tun haben das er studiert. Dort wird nur linke Scheiße gepredigt und in die Köpfe der Studenten gekippt. Die Linken waren damals sehr schlau; gewiss, sie mögen dumm sein in dem was sie tun, denn ihre utopischen Wahnvorstellungen werden niemals Realität werden, sondern sorgen dafür dass alles zu

Grunde geht. Aber sie sind leider sehr gut darin zu unterwandern und zu übernehmen. Sie haben die Unis übernommen und dort wirken sie nun prägend auf viele junge Leute."

"Die islamischen Gemeinden können sie so aber nicht übernehmen."

"Nein, aber natürlich versuchen sie trotzdem die Muslime als ihr neues Proletariat zu gewinnen. Sie schleimen sich auf Teufel komm raus bei denen ein und kapieren nicht, dass sie von Muslimen nur gewählt werden, weil viele Muslime ganz genau wissen, dass die Linken dann noch mehr muslimische Migranten ins Land holen. Und sobald Deutschland dann islamisch ist, ist es auch aus mit den linken Parteien. Nur das kapieren die nicht. Ich meine, welche Rolle spielen linke Parteien denn in Ländern wie Marokko, Tunesien oder Jordanien? Also in drei Ländern, von denen zwei immerhin ehrenwerte Könige haben und in denen man einigermaßen gut leben kann. Wen interessieren dort linke Parteien? Die sind dort so in der Minderheit wie AfD-Wähler unter den Moslems; laut den Studien haben sechs Prozent der Muslime AfD gewählt. Die Linken werden also verschwinden, sobald die Muslime sie nicht mehr brauchen. Nur wollen die Linken das nicht sehen; sie sind besessen davon, dass die Migranten und besonders die muslimischen Migranten ihr neues Proletariat sind. Freilich nachdem das alte, einheimische Proletariat schon nicht viel von den Linken wissen wollte. Und allein dafür hassen die uns und unser Land. Weil wir bei ihren verrückten Revolutionsphantasien nicht mitmachen wollten. Nur träumen diese Ewiggestrigen noch immer von der Revolution, obwohl sie und ihre Genossen längst das ganze Land regieren."

"Aber warum eigentlich?", fragte Alice.

"Ich weiß auch nicht. Vielleicht sind sie einfach realitätsfern. Sie glauben ja auch, dass sie von 1933 bis 1945 Widerstand geleistet hätten, wenn sie nur dabei gewesen wären. Sie wollen rückwirkend gegen Hitler kämpfen; so ähnlich wie die heutige spanische Linke rückwirkend den spanischen Bürgerkrieg gewinnen möchte. Diese Leute leben in der Vergangenheit. Oder aber sie sind einfach verrückt vor Hass und Verachtung auf das Eigene."

Während der Polizist diese Vermutung äußerte, bogen sie mit dem Streifenwagen auf die Autobahn ein. "Nur warum durchschauen die Leute das nicht? Ich meine, jeder kann doch gerade in den Großstädten die Folgen linker Politik sehen."

"Tja, da kommt dann die CDU/CSU ins Spiel. Sie tut so als wäre sie konservativ und setzt in Wahrheit linke Politik um. Und viele Wähler fallen darauf herein; immer wieder vor der Wahl lassen Unionspolitiker ein paar markige Sprüche fallen und gleich nach der Wahl koalieren sie dann mit linken Parteien und machen alles was die sagen. Ist im Grunde so ähnlich wie in der DDR; da war die CDU auch die Scheinopposition für das System."

"Ach ja, die Union hätte ich fast verscholzt... äh ich meine vergessen."

Der Polizist lachte. Alice fügte hinzu: "Nur irgendwann

müssten die Leute das doch mal merken."

"Eigentlich schon, aber die ganzen großen Medien sind gleichgeschaltet. Sie berichten alle dasselbe und hetzen alle gegen die Opposition. Menschen wie Michael Ballweg landen wegen nichts einfach so im Knast und denken Sie das wird von der sogenannten 'Vierten Gewalt' mal kritisch hinterfragt? Natürlich nicht. Weil sowohl die öffentlich-rechtlichen als auch die privaten Fernsehsender alle politisch auf Linie sind. Und diese Linie ist linksgrün."

"Ich schaue ehrlich gesagt kaum noch Fernsehen. Aber auch diese Streamingdienste sind nicht mein Fall. Wenn überhaupt schaue ich kostenlose Filme auf youtube. Da wird man zwar mit Werbung genervt, aber wenigstens muss man für die Filme an sich nichts bezahlen."

Der Polizist stimmte ihr zu, während er aus dem Fenster nach einem großen Schild schaute, welches ihm auf der Autobahn den Weg wies. Da fiel Alice eine Frage ein: "Sagen Sie, bekommen Sie keine Probleme mit ihren Bossen, wenn Sie einfach so jemanden aus der Stadt fahren?"

"Scheiß drauf. Ich sage denen einfach, dass die Suche nach dem Täter länger gedauert hat. Aber nur wenn jemand fragt; nur es wird die ohnehin kaum interessieren. Ach übrigens: Konnten Sie den Typen erkennen?"

"Nein, dazu war es zu dunkel. Aber er nannte sich 'Johnny', als er aus dem Nichts kam. 'Hier ist Johnny', sagte er während der Spritzenattacke."

"Hm. Erinnert irgendwie an den Film 'Shining' mit Jack

Nicholson. Oder an die Parodie auf diese Szene in einer Folge von 'Typisch Andy'. Vielleicht hat der Kerl zu viel 'Shining' gelesen oder geschaut und ist darüber verrückt geworden. Oder Drogen, was ich für wahrscheinlicher halte."

"Ich weiß nicht. Dieser Verrückte wirkte auf mich nicht wie jemand der dicke Bücher liest. Noch dazu solche die so übertrieben dick und gleichzeitig belanglos sind wie die von diesem King. Ganz ehrlich: Da passiert auf hunderten Seiten einfach mal gar nichts Relevantes und trotzdem wird dieser Autor medial hochgejubelt."

"Und nun raten Sie mal warum er medial hochgejubelt wird?"

"Da muss ich nicht groß raten; er ist eben ein Linker. Gut, ich kenne jemanden dem seine Heldin Carrie sehr sympathisch ist, aber das ist auch das einzig Gute was mir zu dem seinen Werken einfällt. Es ist im Grunde immer dasselbe und natürlich hackt er auch gerne auf dem Christentum herum."

"Würde er statt Christen in seinen Büchern Muslime verwenden und genau so darstellen, könnte er nie mehr nach Deutschland einreisen, weil man ihn sonst hierzulande vor Gericht zerren täte", meinte der Polizist.

"Ich glaube nicht, dass der in seinem Alter nochmal nach Deutschland reist. Wobei ich nicht einmal weiß, ob er überhaupt schon einmal in diesem Land war."

"Wenn dann soll er sich mal einen Nachtspaziergang durch Frankfurt am Main gönnen; da kann er dann mal richtigen Horror live und in Farbe erleben."

Alice lachte. Dann fügte sie aber hinzu: "Ich muss

jedoch zugeben, dass ich manche Verfilmungen gar nicht so übel fand. Gut, sie waren nicht wirklich gruselig und wirklich gut waren sie auch nicht, aber zumindest die Schauspieler haben getan was sie konnten. Na ja... sagen wir lieber, sie waren nicht so schlecht wie ich es erwartet habe. Was ich aber wirklich gerne mal sehen würde, wäre der 'Carrie'-Film von 2002. Der in dem Carrie überlebt hat. Aber den zeigen sie irgendwie nie im Fernsehen; ich habe ihn nur mal auf youtube zufällig gefunden, wo es ihn auf spanisch oder so gibt. Aber damit kann ich nichts anfangen."

Wow. Ich höre mich ja langsam an wie die Freundin meines Bruders. Horrorfilme hier, Horrorfilme da. Ich hoffe mal das hat nicht abgefärbt. Obwohl... so viel Zeit haben er, ich und Ashley eigentlich nicht mit einander verbracht. Wobei... man kann ja durchaus mal einen Horrorfilm genießen, aber sie übertreibt es ja gleich immer so, dachte Alice.

Dann sagte sie zu dem Polizisten: "Mein Bruder heiratet demnächst und seine Freundin ist ein großer Fan von Carrie."

"Tja, warum auch nicht? Carrie ist durchaus eine sympathische Heldin. Und ganz ehrlich: Ich kann es ihr nicht verübeln, dass sie all diese asozialen Mistsäcke umlegt. Da hat doch jeder mal das Bedürfnis zu. Ups... sowas sollte ich als Polizist eigentlich nicht sagen, oder?"

Alice winkte ab. Ungefähr zwanzig Minuten später fuhren sie in eine kleine Ortschaft hinein und der Beamte verkündete freundlich: "Alles aussteigen."

*

Die Schwester des Polizisten stand bereits vor der Tür ihrer Landarztpraxis. Alice schaute auf das Schild an der Wand neben der Eingangstür. "Praxis Dr. Mirana" stand dort. Sie schüttelte der Frau Doktor die Hand und begrüßte sie mit: "Guten Abend Frau Doktor."
"Guten Abend. Mein Bruder hat mir am Telefon ja bereits einiges erzählt. Am besten kommen Sie mit rein und berichten mir. Du kommst auch kurz mit rein, okay?", sagte die Ärztin zuerst an Alice und dann an ihren Bruder gewandt.
Zu dritt gingen sie in die Praxis und die Landärztin ließ sich die Spritze zeigen. Dann zog sie sich ihre Handschuhe an und nahm eine kleine Probe von dem Rest der unbekannten Flüssigkeit, der sich noch im Inneren der Spritze befand. Anschließend gab sie ihrem Bruder das Beweisstück wieder und meinte: "Deine Kollegen brauchen nichts davon zu erfahren, dass ich mir was genommen habe. Aber wer weiß wie lange sie für eine Analyse brauchen; also schaue ich lieber auch nach ob ich herausfinden kann was es ist. So. Und nun nehme ich Ihnen etwas Blut ab und Sie erzählen mir was genau passiert ist."
Während sie Alice etwas Blut abnahm, berichtete die 26jährige der Ärztin was sich in ihrem Haus Erschreckendes zugetragen hatte. Als sie fertig war,

nahm die Frau Doktor noch eine Gewebeprobe und schickte ihren Bruder wieder los, während alles desinfiziert und bepflastert wurde. Der Beamte verabschiedete sich höflich von den beiden Frauen und zog von dannen. "Da wir ja nicht wissen was Ihnen verabreicht wurde, ist es besser wenn ich Sie ein paar Tage hier bei mir behalte. Ich schaue dann regelmäßig nach Ihnen und Sie bekommen Frühstück, Mittag und Abendessen. Fernsehen können Sie in dem Zimmer wo ich Sie unterbringe ebenfalls und auf Wunsch hole ich Ihnen auch gerne ein paar Bücher. Aber das alles kostet natürlich ein bisschen was. Und denken Sie daran; nur Bares ist Wahres."

Alice nickte und sie verhandelten kurz über den Preis. Sie bezahlte der Ärztin für vier Tage 200 Euro. "Prima. Und nach vier Tagen schauen wir mal wie es Ihnen so geht. Sie sagten ja, dass Ihnen schwindelig war, kurz nachdem dieser Irre Ihnen das Zeug gespritzt hat."

"So ist es."

"Und wie ist es jetzt im Moment?"

"Im Moment ist alles in Ordnung. Außer dass ich ganz schön Angst habe."

"Kopf hoch. Hier sind Sie in Sicherheit und können entspannt zur Ruhe kommen. Am besten legen Sie sich erst einmal schön hin und schlafen ordentlich durch", meinte Dr. Mirana und klopfte Alice auf die Schulter. *Die Ärzte in der Stadt hätten wohl mehr Distanz gewahrt. Und wer weiß wie lange ich bei denen in der Notaufnahme hätte warten müssen? Und was für ein Zimmer ich bekommen hätte? Hier habe ich ein schönes*

41

Zimmer nur für mich und es ist sauber und ordentlich.
Zumindest in dieser Hinsicht habe ich also quasi Glück
im Unglück und kann mich nicht beschweren.

"Wenn irgendetwas ist, also wenn Ihnen schlecht wird
oder Ähnliches, dann drücken Sie auf diesen Knopf.
Wenn Sie auf den Knopf drücken, geht sowohl in
meinem Sprechzimmer als auch in meinen
Schlafzimmer ein lauter, rot leuchtender Alarm los",
erklärte die Ärztin, während Alice anfing es sich in dem
Zimmer bequem zu machen.

"Alles klar. Danke."

"Keine Ursache. Dann schlafen Sie gut."

"Gute Nacht", wünschte Alice der Ärztin.

"Gute Nacht."

Ende des zweiten Kapitels

Kapitel 3: Alice im Amokland

Nachdem die vier Tage herum waren, bedankte sich Alice bei der Ärztin und fuhr mit einem Taxi wieder nach Frankfurt am Main zurück. Die gute Frau Doktor hatte leider nicht herausfinden können was Alice gespritzt worden war, aber es schien der jungen blonden Frau ja nicht geschadet zu haben. Jedenfalls war nichts Schädliches festzustellen gewesen. Alice sollte jedoch zur Sicherheit noch ein paar Mal vorbeikommen und sich untersuchen lassen, um sicherzustellen dass es keine Langzeitschäden gab. Aber alles in allem verließ Alice die Landarztpraxis sehr optimistisch.

*

Dieser Optimismus verflog jedoch sofort wieder, als sie aus dem Taxi heraus die Wolkenkratzer von Frankfurt am Main sah. "Und morgen früh geht es wieder zur Arbeit", murrte sie, was der Taxifahrer nicht überhörte. "Sie arbeiten voll?", fragte er.
Alice nickte. "Ich auch. Anders wäre die Arbeit nicht zu ertragen", scherzte der offensichtlich nüchterne Fahrer. "Tja, Motivation war schon mal da. Hat aber früher Feierabend gemacht", witzelte Alice nun zurück.
"Wenn der Chef Ihnen mal vorwirft faul zu sein, sagen Sie doch einfach: 'Ich bin nicht faul, ich bin im

Energiesparmodus.'"

Alice lachte. "Was genau machen Sie eigentlich beruflich?"

"Ich arbeite bei einer Versicherung. Viele Telefonate mit den Kunden."

"Oh je. Hey, wenn wieder jemand Unbekanntes anruft, gehen Sie doch einfach mal so ans Telefon: 'Elefantenjagdverein, tötet was trötet. Was kann ich für sie tun?' Und immer an das Motto halten: 'Kein Problem ist so groß, dass ich es nicht bis morgen aufschieben könnte.' Und bloß nicht die Regel vergessen: 'Sein Sie schlau, stellen Sie sich dumm'."

"Dafür ist es inzwischen leider zu spät. Die wissen das ich schlau und kompetent bin. Leider. Und inzwischen hasse ich den Job richtig. Manchmal ist das Schönste an meiner Arbeit, dass sich mein Stuhl dreht."

"Und was genau machen Sie da sonst so?", fragte der Fahrer.

"Hm. Wie fasse ich das kurz und einfach zusammen? Der kleine Unterschied: Für dumm verkaufen ist Marketing, aber an Dumme verkaufen ist Vertrieb. Und ich bin mit dafür zuständig, mit den Dummen zu reden, die bei uns was gekauft haben. Und das ist echt ätzend."

Sie waren inzwischen in der Stadt angekommen und Alice stellte fest, wie sehr sich ihre Laune verschlechterte. Da mussten sie an einer Ampel halten und ein Radfahrer, der auf die rote Ampel einfach pfiff, fuhr an ihnen vorbei. "Das klingt so, als ob Ihr Job wie Fahrradfahren wäre; nur ohne Fahrrad und ohne Ziel", fiel dem Taxifahrer dazu ein.

"Ihr Job ist sicherlich auch nicht einfach, oder?"
"Natürlich nicht. Erst gestern hat einer versucht mich auszurauben. Hab ihm die Fresse poliert. Bin Deutschtürke; mit mir sich anzulegen ist ein Fehler. Der Türke in mir kommt immer zu spät zur Arbeit und der Deutsche in mir macht immer pünktlich Pausen und Feierabend."
Alice lachte, fügte dann aber folgende Frage hinzu: "Und was hat die Polizei zu dem versuchten Raub gesagt?"
Der Taxifahrer winkte ab. "Wozu hätte ich die rufen sollen? Selbst wenn die den Kerl kriegen; der kriegt eh Bewährung oder ist wegen irgendwelcher Drogen schuldunfähig. Und nachher kriege ich noch Ärger, weil ich ihm kräftig ein paar auf's Maul gehauen habe. Nee danke, ich zeige vieles was passiert schon gar nicht mehr an."
"Das geht bestimmt vielen Leuten in der Stadt so", vermutete Alice.
"Ja. Trotzdem... ich bin lieber als Fahrer auf der Straße, als im Büro. Nichts für ungut."
"Schon okay."
"Wissen Sie, ich halte es da wie der Dicke aus 'King of Queens'. Ich bin quasi Fahrer aus Leidenschaft. Im Büro würde ich durchdrehen und der dicke Doug war ja am Ende der Serie im Büro und dort total unglücklich. Aber wenn ich im Büro wäre, würde ich meine Multitasking-Fähigkeiten trainieren."
"Und wie?"
"Ganz einfach: Ich tue so, als ob ich beschäftigt wäre

und überlege gleichzeitig, was ich zum Mittag esse."
Da musste Alice wieder lachen. Sie fuhren nun schon
durch die Gegend, in der Alice wohnte. Der Fahrer
bemerkte drei versiffte Drogendealer auf der Straße.
"Wissen Sie, ich liebe Deutschland und das deutsche
Volk. Aber Ihr Deutschen macht einen großen Fehler
sowas in Eurem Land zu dulden", bemerkte er und
zeigte auf die herumlungernden Dealer.
"Ja, ich weiß. Aber gewisse Politiker scheinen diese
Leute unbedingt hier haben zu wollen", entgegnete
Alice betrübt.
"Wenn Sie mich fragen, gibt es viel zu viele Kriminelle
und Politiker auf der Welt."
"Wo ist denn der Unterschied zwischen beiden
Gruppen?", fragte Alice scherzhaft.
"Die einen ändern, bevor sie Verbrechen begehen, die
Gesetze so um, dass ihre Taten plötzlich legal sind."
"Stimmt", stimmte Alice ihm nachdenklich zu.
Kurz darauf waren sie vor ihrer Wohnung und Alice
verabschiedete sich höflich und mit einem guten
Trinkgeld von dem Taxifahrer. Er hatte ihr die Fahrt in
die Stadt doch um einiges leichter gemacht und sie
wusste die Unterhaltung mit ihm sehr zu schätzen.

*

Alice betrat den Hausflur und zitterte ein wenig. Es war
zwar nun helllichter Tag, aber der Ort war ihr trotzdem

46

unangenehm. "Und morgen geht es wieder zur Arbeit",
seufzte sie und beschloss sich gleich in ihrer Wohnung
hinzulegen.

Sie stieg die Treppen hinauf und haute sich in ihrer
Wohnung auf's Ohr. Tatsächlich schaffte sie es ein
wenig zu schlafen, doch dann wurde sie von lauter
Musik aus der Nachbarwohnung geweckt. "Ach
verdammt. Na ja, es ist ja noch Nachmittag und da
dürfen die das wohl", murrte Alice und da sie nun nicht
mehr pennen konnte, ging sie an ihren Fernseher,
schaltete von dort youtube ein und schaute sich ein paar
alte Filme an.

Als es jedoch Abend wurde, donnerte noch immer laute
Musik aus der Nachbarwohnung. Nun reichte es Alice.
Sie stapfte aus ihrer Wohnung hinaus und klopfte beim
Nachbarn an. Ein Typ dem man schon an der Fresse
ansah das er asozial und dumm war, öffnete die Tür und
blaffte: "Was du wollen deutsche Schlampe?!"

"Mach die scheiß Musik leiser. Ich muss morgen früh
zur Arbeit."

"Fick dich", lautete die Antwort und er knallte die Tür
zu.

Alice ging zurück in ihre Wohnung, holte sich
Plastikhandschuhe und ein langes Küchenmesser und
ging wieder zur Nachbarwohnung. Mit dem Messer
hinter dem Rücken in der Rechten klopfte sie erneut an;
diesmal mit der linken Hand. Die Tür wurde geöffnet
und der Typ brüllte: "Was?!"

Da schwang Alice das Messer hinter ihrem Rücken
hervor und schnitt ihm die Kehle durch. Der Nachbar

wusste erst nicht wie ihm geschah; er griff sich entsetzt an den Hals, bevor er zusammensackte. Alice stieß ihn in die Wohnung und schloss schnell die Tür. "Yo, Achmed! Was ist an der Tür los?!", erklang eine Stimme aus dem Wohnzimmer.

Alice stürmte ins Wohnzimmer und stach den zweiten lästigen Typen ab, bevor dieser auch nur ein weiteres Wort sagen konnte. Dann schaltete sie die Musik aus und schleifte beide Leichen ins Badezimmer.

Anschließend sah sie sich in der Küche ihres Nachbarn um und dann in einer Abstellkammer. In der Kammer fand sie eine praktische Säge und begann damit die Leichen im Bad zu zersägen. Auch Mülltüten waren praktischerweise in der Kammer. Alice tat die zersägten Teile in die Mülltüten und nachdem sie alles gut verpack hatte, machte sie sich sauber. Anschließend säuberte sie die Wohnung und suchte auch nach allem was der Typ so an Bargeld hatte. Und das war nicht gerade wenig. Immerhin knapp 8.000 Euro wechselten nun den Besitzer.

Alice nahm sich die Wohnungsschlüssel, die der Tote direkt in einer Schale neben der Tür aufbewahrte und begann damit die Leichen weg zu schaffen. Dazu holte sie ihren Rucksack aus ihrer Wohnung und schaffte die Leichen Rucksackladung für Rucksackladung zum Main. Im Main versenkte sie die Teile dann.

Anschließend ging sie noch einmal in die Wohnung des Toten zurück und ging auf Nummer sicher, dass sie auch alles sauber und nichts vergessen hatte. Da fielen ihr die Handys der beiden Typen ein. Alice hatte sie den Kerlen aus den Hosentaschen gefummelt und musste diese nun ebenfalls beseitigen. Da kam ihr eine Idee. Sie nahm das Handy des zerstückelten Nachbarn und schaute ob sie es an bekam. Er hatte es nicht mit einem Öffnungscode versehen und Alice kam locker hinein. Sie gelangte auf alle möglichen Apps; unter anderem konnte sie problemlos auf seinen Facebook-Account zugreifen. Dort schrieb sie eine Nachricht, dass er sich der neuen Regierung in Syrien anschließen und dort beim Aufbau eines islamischen Paradieses mithelfen wolle. Und das sein Bruder ihn begleiten würde. Aus den Ausweisdokumenten die Alice den Toten samt ihren Geldbörsen abgenommen hatte, gingen die vollständigen Namen der Toten ja hervor und daraus, sowie aus deren äußerlicher Ähnlichkeit hatte Alice geschlussfolgert, dass die beiden Brüder waren. "Und selbst wenn nicht; die reden sich unter einander ja auch gerne mal als 'Bruder' an", sagte Alice zu sich selbst. Dann machte Alice die Handys unbrauchbar und brachte die Dinger zu einer an einem Laternenmast befestigten Mülltonne in der Nähe. Anschließend legte sie sich endlich ins Bett.

*

Am nächsten Tag ging Alice zur Arbeit. Sie begab sich an ihren üblichen Schreibtisch, der leider Gottes so stand, dass jederzeit jemand hinter ihr auftauchen und sehen konnte was sie machte, sodass Faulenzen während der Arbeit praktisch unmöglich war. Sie begann also zu ackern, aber kurz nachdem sie den ersten Kunden am Telefon betreut hatte, wurde sie vom Chef ins Büro gerufen. Also begab sie sich zu ihm in sein Büro. Ein Büro, dass gut von undurchsichtigen Wänden und einer Holztür geschützt war, sodass der Chef in seinen Räumlichkeiten machen konnte was er wollte, während die Untergebenen pausenlos kontrolliert werden konnten. Es war wie Mel Brooks in dem Film "Dracula-Tod aber glücklich" sagte: "Eine gute Lage ist eine gute Lage, ist eine gute Lage."

Hatte der Arbeitsplatz eine gute Lage, war das gut für denjenigen der an ihm saß. Alice hasste den Herrn Habicht für sein schickes Büro. Man sah ihn auch nie in der Kantine den gottlosen Schlangenfraß herunterwürgen, den die einfachen Angestellten für ihre firmeneigenen Essensmarken bekamen. Ihr Zeug wurde geliefert und auch der Oberboss Habicht bekam seinen Kram geliefert. Alice wusste nicht was, aber er sah nicht so aus als ob er essensmäßig nicht auf seine Kosten kommen würde. Sie begrüßte ihn mit: "Guten Morgen. Was kann ich für Sie tun Herr Habicht?"

Dabei schloss sie die Tür zu seinem Büro. Chef Habicht erwiderte ihren Gruß nicht, sondern meinte nur: "Sie waren ja mehrere Tage krank. Wie gedenken Sie diese Krankentage auszugleichen?"

"Wie meinen Sie das?"

"Na die Tage haben Sie doch gefehlt und werden ja trotzdem bezahlt. Also finde ich, Sie müssten diese Tage ausgleichen."

"Aber laut meinen Arbeitnehmerrechten..."

"Ach Scheiß doch auf Ihre Arbeitnehmerrechte! Sie wissen doch ebenso gut wie ich, dass diese 'Rechte' nur auf dem Papier existieren."

Alice erinnerte sich, wie ihr Bruder einmal die Arbeitnehmerrechte mit Jennifer Love Hewitt verglichen hatte. Damals sagte er zu seiner Schwester: "Mit unseren Arbeitnehmerrechten ist es wie mit meiner absoluten Traumfrau Jennifer Love Hewitt. Stell dir vor sie ist nackt hinter einer Panzerglasscheibe. Sie ist wunderschön anzusehen, aber ich komme nicht ran."

Während Alice nachdachte hatte der Chef irgendwas gesagt, aber Alice hatte nicht zugehört. Nun aber war sie geistig wieder anwesend, als Habicht sagte: "... also Sie können die Tage nacharbeiten oder mir anders zu Diensten sein."

"Was meinen Sie mit anders?"

"Na Sex. Sie bumsen mit mir und die Fehltage werden kein Problem mehr sein."

Alice schaute entgeistert ihren Chef an. Dann senkte sie den Blick und sah was so alles auf seinem Schreibtisch lag. "Na gut", stimmte sie ihm zu.

Der Habicht-Chef grinste. Alice setzte sich auf seinen Schoß und er schloss genüsslich die Augen. Da nahm Alice seinen spitzen Brieföffner und rammte ihm das Ding in den Hals. "Tja, Pech gehabt. Du wolltest in mich eindringen und stattdessen dringe ich nun in dich ein", sagte sie, während ihr Chef verreckte.

Dann begann Alice mit der Spurenverwischung. Als

erstes schloss sie das Büro von ihnen ab; noch so eine Gemeinheit vom Chef. Nicht nur das er ein eigenes Büro hatte, er konnte sich auch bei Bedarf darin einschließen, während die Angestellten überhaupt keinen Rückzugsort hatten. Dann begann Alice ihre Spuren zu verwischen und das Ganze wie einen Selbstmord aussehen zu lassen. Anschließend kam ihr eine Idee. Der Chef war ja auf seinem Computer angemeldet und Alice schaute sich nun ein wenig in seinen Unterlagen um. Als erstes erhöhte sie in den Dateien die Gehälter aller Mitarbeiter um zehn Prozent. Dann begab sie sich in die Onlinekonten der Firma, aus denen sich der Boss nicht ausgeloggt hatte. Sie dachte an alle Fälle von denen sie wusste das die Versicherten betrogen worden waren und zahlte jedem das Geld zurück, um dass die Firma die Leute betrogen hatte. Im Anschluss spendete sie das restliche Geld an verschiedene patriotische Organisationen sowie an das spendenfinanzierte Sommerfest der örtlichen Polizei und tippte in eine Worddatei einen Abschiedsbrief, indem sie den Chef alle seine Gaunereien bereuen ließ. Dann verwischte sie ihre Fingerabdrücke und sorgte dafür, dass die vom Chef wieder auf der Tastatur waren. Nachdem Alice alle Spuren so gelegt hatte wie es in ihrem Sinne war, verließ sie das Büro wieder.

*

Ein paar Stunden später kam tatsächlich mal jemand auf die Idee das Büro des Chefs zu betreten. Eine Kollegin von Alice brauchte vom Boss ein paar Unterschriften und begab sich dafür in die besagten Räumlichkeiten. Alice wartete auf einen erschrockenen Schrei, doch der kam nicht. Die Kollegin kam auch erst fünf Minuten später aus dem Büro und ließ gerade etwas in ihrer Rocktasche verschwinden was wie ein goldener Ring aussah. *Mist. Den hätte ich ihm doch klauen können*, dachte Alice genervt.

Etwa zehn Minuten später ging ein älterer Kollege in das Büro und wieder wartete Alice darauf einen Schrei oder sowas zu hören. Aber nichts dergleichen geschah. Stattdessen kam der Mann, der beim Betreten des Raums ein paar Akten dabei hatte, nun mit deutlich mehr Akten wieder heraus. Er begab sich auch recht schnell zum Schredder, der direkt neben dem Kopierer in einem Extraraum stand. Alice seufzte. Das würde offenbar noch eine Weile dauern. Es gingen noch vier weitere Kollegen ins Büro und kamen mit mehr Zeug heraus, als sie hineingegangen waren. Einer hielt den Schlüssel in der Hand, der zum Raum mit den Büromaterialien gehörte. Er begab sich zu ebendiesem Raum und füllte sich die Taschen. Dann ging die Frau ins Büro, von der Alice wusste, dass sie quasi die Büromatratze war und auch mit dem Chef oft und gerne pennte. *Die wird nun aber die Polizei rufen*, glaubte Alice.

Zwei Minuten später kam auch die Büromatratze aus dem Büro und steckte sich gerade die privaten Bank-

und Kreditkarten des Chefs in die Tasche. Irgendwann kam dann der junge Praktikant zur Bürotür und während er sie öffnete, überlegte Alice, dass er doch noch nicht so lange in der Firma dabei und deswegen bestimmt noch nicht so verdorben wie alle anderen war. Eine Minute nachdem er das Büro betreten hatte, kam er wieder raus und verkündete: "Der Chef ist heute großzügig! Wir dürfen alle früher Feierabend machen und werden trotzdem für den Tag bezahlt!"
Alle jubelten, einige riefen "Danke Chef!" und packten ihre Sachen. Um nicht aufzufallen tat Alice es ihnen gleich und begab sich auf den Heimweg.

*

Obwohl sie früher Feierabend gemacht hatte, wurde es am heutigen Tag leider doch recht schnell dunkel. Viele Straßenlaternen funktionierten mal wieder nicht und der Mond spendete ebenfalls kein Licht. Besorgt schritt Alice durch die Gegend in Richtung ihrer Wohnung. Zumindest glaubte sie das, aber irgendwie verlief sie sich. Und das obwohl sie den Weg weit mehr als hundert Mal gegangen war. "Scheiße. Muss wohl daran liegen, dass ich solche Probleme mit dem Chef und dem Nachbarn hatte", murmelte Alice.
Irgendwie war sie wieder direkt am Main gelandet. Da kam ein Schwarzafrikaner auf sie zu und fragte: "Willst du Drogen kaufen?"

"Nein", antwortete Alice aggressiv.

"Ey, nicht so aggro. Scheiß deutsche Kartoffel!", beleidigte der Dealer und zog ein Messer.

Da wurde die gute Alice richtig sauer und ging auf ihn los. Sie schaffte es ihm das Messer zu entwenden und stach ihn ab.

Da kamen aber schon seine Freunde aus allen Richtungen. Alice warf das Messer dem ihr am Nächsten Kommenden direkt in den Hals und traf ihn mit voller Wucht. Während der Typ noch seine Knarre zog, griff sie ihn an. Das Messer steckte bereits in seinem Hals und er sackte mit der Schusswaffe in der Hand zu Boden, als Alice ihn erreichte. Sie schnappte sich die Knarre und ballerte wild um sich, um sich die anderen Dealer vom Hals zu halten. Einer nach dem anderen brach zusammen. Da kam wie aus dem Nichts irgendein linker Typ in einem lila Hasenkostüm und rief: "Das ist rassistisch! Hören Sie auf diese armen, von der weißen Mehrheitsgesellschaft diskriminierten Leute zu erschießen!"

"Weiße Mehrheitsgesellschaft? In Frankfurt am Main? Wo denn bitte schön stellen wir hier noch die Mehrheit?", fragte Alice und erschoss den Typen im Hasenkostüm, dass sie irgendwie an das Kostüm in dem 'Donnie Darko'-Mystery-Film erinnerte; nur eben in lila. Plötzlich kamen mehrere Polizeiautos und jede Menge uniformierte Beamte sprangen aus ihren Wagen. "Wo wart Ihr, als die Dealer mich angegriffen haben?!", schrie Alice ihnen entgegen.

Doch die Beamten antworteten nicht. Sie zogen ihre

Waffen und ballerten auf Alice. Von mehreren Kugeln getroffen stürzte sie rückwärts über ein Geländer in den Main.

Ende des dritten Kapitels

Kapitel 4: Alice im Erdbeerland

Schreiend erwachte Alice im Stockdunkeln. Entsetzt blickte sie sich um und versuchte zu erfahren wo sie war. Sie tastete panisch um sich, bis sie einen Knopf fand. Sie drückte ihn, aber nichts passierte. Also tastete sie weiter und fand schließlich noch einen Knopf. Den drückte sie und ein Licht ging an. Alice schaute sich um und stellte fest, dass sie sich in dem Zimmer der Landärztin befand. Verwirrt versuchte sie ihre Gedanken zu ordnen. Da kam die Ärztin auch schon in das Zimmer, um nach Alice zu sehen. "Alles in Ordnung? Sie haben den Knopf gedrückt."
Alice schüttelte den Kopf und fragte: "Wie lange bin ich schon hier?"
"Seit gestern Nacht. Sie haben die ganze Zeit über durchgeschlafen. Geht es Ihnen gut?", wollte Dr. Mirana wissen.
"Ich weiß nicht... Ich dachte, es wäre deutlich mehr Zeit vergangen. Offenbar habe ich die letzten paar Tage nur geträumt. Aber ich habe in diesen Träumen... oder besser gesagt Albträumen so viel erlebt. Wie kann das alles in so einen kurzen Zeitraum passen? Mehrere Tage einfach nur geträumt und das auch noch so detailreich. Ich meine, ich erinnere mich an jedes Detail von dem aufmunternden Gespräch mit dem deutsch-türkischen Taxifahrer. Wie kann das sein?"
"Nun, ich bin keine Traumforscherin. Aber ich schätze mal, Ihr Unterbewusstsein hatte sehr viel zu verarbeiten.

Ist aber auch kein Wunder, nachdem Sie so etwas Schreckliches erlebt haben", meinte die Landärztin.
"Na gut... es tut mir jedenfalls sehr leid, dass ich falschen Alarm ausgelöst habe...", entschuldige sich Alice ein wenig geknickt.
"Machen Sie sich da mal keine Sorgen. Aber nun sollten Sie versuchen zu schlafen."
Alice nickte, die Ärztin fragte noch ob sie etwas brauchte und dann gingen beide wieder schlafen.

*

Am nächsten Morgen stellte Alice fest, dass sie ordentlich Hunger und Durst hatte. Kein Wunder, nachdem sie so lange geschlafen und nichts zu sich genommen hatte. Also aß sie gemeinsam mit der Landärztin ein schönes, leckeres Frühstück und ruhte sich dann mit einem Heimatroman von Viktor Streck in ihrem Zimmer aus, während die Ärztin ein paar Hausbesuche im Ort machte. Alice trank zwischendurch fleißig Wasser, aß später mit der Ärztin gemeinsam zum Mittag und dann auch zum Abend. Bereits am nächsten Tag hatte sie das Buch von Streck durch und nahm sich einen Fantasyroman von Alexander Merow vor. Das lesen half ihr sehr dabei sich besser zu fühlen und den Schrecken mit der Spritze ein wenig aus dem Kopf zu bekommen. Als die vier Tage um waren, nahm die Ärztin Alice noch einmal Blut ab und man einigte sich auf weitere Sicherheitsuntersuchungen zu einem späteren Zeitpunkt. Alice rief ein Taxi und dieses fuhr sie in Richtung Frankfurt am Main.

*

Als das Taxi losgefahren war, warf Alice einen genauen Blick auf den Fahrer. Sie war sich nicht sicher ob sie sich das nur einbildete, aber irgendwie sah er genauso aus wie der Fahrer in ihrem Traum.

Alice begann mit ihm über ihren Job zu reden und sich darüber zu ärgern, dass sie nun bald wieder arbeiten musste. "Tja, halten Sie sich einfach an den alten Spruch: 'Die Arbeit ruft, aber ich kann ja nicht alles hören.'", scherzte der Taxifahrer.

Alice lachte. "Oder rufen Sie Ihren Chef einfach alle zehn Minuten an und fragen Sie, ob Sie endlich nach Hause dürfen. Dann dürfen Sie auch; nur müssen Sie im Anschluss auch nie wieder kommen", witzelte der Fahrer weiter.

"Sagen Sie, mögen Sie Ihren Job eigentlich?"

"Im Grunde schon. Wissen Sie, ich bin Deutschtürke. Der Türke in mir kommt immer zu spät zur Arbeit und der Deutsche in mir macht immer pünktlich Pause und Feierabend", lautete die Antwort, die Alice aber schon kannte.

Nun war sie doch etwas besorgt. Wurden ihre Träume etwa wahr? "Ich arbeite sehr gerne als Taxifahrer. Aber egal ob man als Fahrer oder im Büro arbeitet, in beiden Fällen ist es die falsche Reaktion 'Schönes Handy' zu sagen, wenn einem ein Kollege Fotos von seiner Frau und seinen Kindern zeigt."

Da musste Alice wieder lächeln und ließ sich gerne von weiteren Arbeitswitzen durch den Taxifahrer ablenken. Das lenkte sie sogar vom Anblick der potthässlichen Wolkenkratzer ab, der sie in Frankfurt am Main erwartete.

*

Wie schon in ihrem Traum gab Alice nun auch in der Realität dem Fahrer ein fürstliches Trinkgeld. Diesmal hatten sie in ihrer Gegend allerdings während der Fahrt die drei Drogendealer nicht gesehen. Die reale Fahrt war doch etwas anders gewesen als die Fahrt in ihrem Traum. Oben in ihrer Wohnung angekommen legte sie sich erst einmal hin und dachte nach: *Wie kann es sein, dass ich das alles nur geträumt habe? Das ist ja wie in dieser einen Staffel von 'Dallas', wo sich herausstellte das die eine Frau einen erheblichen Teil der Geschichte nur geträumt hat. Was für ein billiger Trick um Zuschauer oder Leser hinters Licht zu führen. Was kommt als Nächstes? Rutsche ich auf einer Bananenschale aus? Ich meine, das wäre ja wie wenn am Ende von 'Ein Käfig voller Helden' Oberst Klink alles nur geträumt hätte. Es soll ja mal geplant gewesen*

sein die Serie so enden zu lassen, dass der Krieg irgendwann zu Ende ist, die Gefangenen befreit werden und dann nach dem Krieg alle in Deutschland bleiben, beim Wiederaufbau helfen und Schulz dann der Leiter der Fabrik ist in der alle arbeiten und Klink der dortige Buchhalter. Und dann fragt er sich, ob er alles nur geträumt hat. Schade das wir das nie zu sehen bekamen. Na ja, wie auch immer... es ist schon seltsam, dass der Taxifahrer genauso war wie in meinem Traum...
Während Alice so überlegte, klopfte es laut an ihre Tür. Vorsichtig und misstrauisch begab sie sich zur Tür, vor der jede Menge schwarz uniformierte Polizisten standen. Ein Teil der Beamten hatte offenbar gerade die Nachbarwohnung aufgebrochen und Alice würde den Teufel tun und diesen Leuten öffnen. *Ich tue einfach so als ob ich nicht da wäre*, dachte sie und schaute durch den Türspion.
Zwei der Beamten redeten nicht gerade leise. "Warum machen wir uns überhaupt die Mühe? Ich meine, der Typ hat doch auf Facebook gepostet, dass er nach Syrien ist um dort beim Aufbau von deren islamischen Staat zu helfen. Ist das etwa illegal? Ich meine, die BRD-Regierung hat ebendiesem Staat doch sogar Hilfsgelder in Millionenhöhe geschenkt, oder?", fragte einer der Beamten.
Ja, einem Staat in dem Christen und Jesiden alles andere als sicher sind. Dem Laizisten Assad haben sie hingegen kein Geld gegeben, obwohl er tolerant gegenüber allen Religionen war, dachte Alice genervt dazu.

"Deswegen sind wir doch nicht hier. Wir sind hier, weil er im Verdacht steht mit Drogen gehandelt zu haben", sagte ein anderer Beamte, den Alice ebenso wenig erkennen konnte wie den Ersten, weil sie alle ihre Helme trugen.

"Ja, wir sind hier, aber er nicht. Ist doch offensichtlich."

"Deswegen fragen wir nun ja auch bei den Nachbarn herum."

"Der Nachbar hier ist aber wohl nicht da."

"In diesem Haus scheint niemand 'da' zu sein; vielleicht wollen die aber auch alle einfach nicht aufmachen."

"Tja, ist eben so. Wir haben nur für diese eine Wohnung einen Durchsuchungsbefehl und nicht für jede andere im Haus."

"In ein paar Minuten sind wir mit der Wohnung durch. Dann wird sie versiegelt und wir können endlich Feierabend machen."

"Du vielleicht. Ich nicht. Ich mache heute Überstunden."

Alice hatte genug gehört. Sie konnte die verschiedenen Stimmen niemandem richtig zuordnen und ging wieder ins Bett. Dort legte sie sich hin und dachte weiter nach: *Also hat er sich wirklich nach Syrien begeben? Oder ist er wirklich tot und zerstückelt mit seinem Bruder im Main gelandet, so wie in meinem Traum? Du liebe Güte. Und was ist dann mit meinem Chef? Und mit den Dealern am Fluss?*

Alice holte ihr Handy hervor und schaute im Internet nach. Im Netz hieß es, ihr Chef hätte Selbstmord begangen und vorher aus Reue allen betrogenen Kunden ihr Geld zurück gezahlt. Die Polizei stellte das anscheinend auch nicht infrage; logisch, sonst könnte sie ja die gespendete Kohle nicht behalten.

Und tatsächlich hatte es eine Schießerei mit mehreren toten Drogendealern und einem Linken im lila Hasenkostüm gegeben. Alle waren tot. Komischerweise hatte die Polizei die Leiche des Täters noch nicht gefunden; sie hatten den Killer niedergeschossen und er war in den Main gefallen. Das Seltsame an dem Fall war, dass keiner der Beamten eine konkrete Beschreibung abgeben konnte und auch die Kameras in den Streifenwagen waren irgendwie defekt gewesen, sodass es keine Aufnahmen gab. Ein mit einer Regenbogenarmbinde versehener hochrangiger Beamte gab online ein Videointerview zu dem Thema und verkündete, dass das der seltsamste Fall wäre, den er seit Jahren erlebt habe. Er beendete das Interview mit den Worten: "Vielfalt ist Stärke! Bunt statt braun!" Dabei reckte er die linke Faust. Alice kniff sich, um sicherzugehen dass sie nicht schon wieder träumte. Sie kniff sich so doll, dass es ganz schön weh tat. "Mist. Das gibt morgen früh einen blauen Fleck", murrte sie und überlegte dann weiter: *Aber wie kann es sein, dass ich das alles getan oder zumindest miterlebt habe, wenn ich doch eigentlich außerhalb der Stadt in einem Bett gelegen und geschlafen habe? Das ist doch eigentlich unmöglich.*

Da sagte eine innere Stimme zu ihr: "Nichts ist unmöglich."

"Hm. Vielleicht hat es mit der Substanz zu tun, die mir

gespritzt wurde? Oder aber ich träume immer noch...",
dachte Alice laut nach.

Sie wollte gerade gegen eine Wand schlagen, als ihr
einfiel dass das wegen der Polizei im Gebäude wohl
keine so gute Idee war. *Warum sind die eigentlich so
zahlreich gekommen? Als ich Hilfe brauchte, kam nur
ein Einziger.*

Alice grübelte und grübelte, kam aber auf keine
vernünftige, logische Antwort. Am Ende war sie zu
müde und sagte nur noch zu sich selbst: "Tja, vielleicht
ist das wie mit den Zaubertricks im Zirkus. Habe ich da
jemals eine vernünftige Antwort darauf bekommen, wie
das alles funktioniert? Nein. Also warum sollte dann
gerade ich selbst eine logische Erklärung bekommen?"
Dann schlief sie ein.

*

Als am nächsten Morgen der Wecker klingelte, fragte
sich Alice murrend: "Brauche ich diesen Job wirklich?"
Aber dann stand sie doch auf, bereitete sich auf ihren
Arbeitstag vor und ging zu ihrer Firma. Trotz dem
vermeintlichen Selbstmord des Chefs ging die Arbeit
offenbar geregelt weiter. So dachte Alice jedenfalls.
Aber als sie vor dem Gebäude stand, standen alle
Kollegen aus ihrer Abteilung ebenfalls davor. Sie kannte
kaum einen von denen mit Namen und hatte auch nicht
das Bedürfnis diese Leute näher kennenzulernen.

Trotzdem meinte einer zu ihr: "Schön das du es noch geschafft hast."

Dabei schaute er ihr natürlich nicht in die Augen, sondern eine Etage tiefer. "Geschafft wofür?", fragte Alice.

"Na für den Betriebsausflug."

"Es gibt einen Ausflug?", lautete Alice nächste Frage.

"Ja, in 'Kravens Erdbeerparadies'. Hast du die Rundmail nicht gelesen? Weil der Chef so tragisch von uns gegangen ist, hat die neue Abteilungsleiterin uns erstmal einen Ausflug verordnet. Sie selbst nimm nicht teil, sondern bringt ein wenig Ordnung in das Chaos, welches Herr Habicht hinterlassen hat. In ein paar Minuten kommt ein Reisebus und der bringt uns in den Erdbeer-Themenpark."

"Oh. Da habe ich wohl einiges verpasst. Wie heißt eigentlich die neue Chefin?", wollte Alice wissen.

"Frau Iracebeth Red."

"Komischer Name."

"Lass sie das bloß nicht hören."

"Keine Sorge, ich passe schon auf."

Alice nickte dem Typen zu, drehte sich um, dachte *Dummer NPC* und hielt genervt Ausschau nach dem Bus. Im Büro zu arbeiten war schon nervig, aber mit einem Haufen Leute einen Ausflug zu machen mit denen man bestenfalls nichts anfangen konnte und dass auch noch in einen wahrscheinlich überteuerten Themenpark; das war die Hölle.

*

Der Bus kam ein paar Minuten zu spät, sodass Alice etliche langweilige, sinnlose, für sie null relevante Gespräche ihrer nervigen Kollegen mit anhören musste. Weder interessierte sie sich für die Privatangelegenheiten ihrer Kollegen, noch wolle sie darüber informiert werden, wer gerade welche mentalen oder körperlichen Probleme hatte. Das belastete sie nur unnötig und sie hatte im Moment selbst genug Sorgen, die sie aber mit den Anderen weder teilen konnte noch wollte.

Und es kam immer schlimmer: Während der Fahrt im Reisebus fingen die Kollegen auch noch an zu singen. Und manche spielten dabei obendrein irgendwelche bescheuerten Jingle's ab. Irgendwann kamen sie dann im Park an und wurden dort von einem ganz in Rot gekleideten Angestellten begrüßt: "Willkommen in Kravens Erdbeerparadies."

Alle begaben sich hinein, während Alice noch ein Schild im Eingangsbereich las auf dem stand: "Kein Platz für Rassismus."

Das erste was Alice nun tat war sich auf's Klo zu begeben, wo es drei Gänge gab. Einen für "Männer", einen für "Frauen", einen für "Divers". Spätestens jetzt war Alice klar, dass sie in diesem Saftladen keinen Cent ausgeben würde. Sie schaute sich aber zumindest den Shop an, wo alle möglichen Erdbeerprodukte angeboten wurden. Alice nahm sich eine Gratisprobe von etwas

das wie Erdbeermarmelade aussah; es war aber irgendeine Art Erdbeerketschup. Das Zeug schmeckte ekelhaft und Alice spuckte es wieder aus. Zum Glück hatte das keiner gesehen und Alice schaute sich weiter um. Sie stellte fest, dass alle Angestellten zusätzlich zu ihren scheußlichen roten Uniformen auch noch Ketten aus roten Steinen trugen. Die Steine sahen alle aus wie Erdbeeren. Alice verließ den Shop und schaute sich draußen um. Es gab verschiedene Attraktionen, die sie aber alle eher abstießen. So gab es ernsthaft Erdbeerdöner zu kaufen und eine Art Riesenrad, dass den Erdbeerdöner thematisierte. So langsam wurde Alice richtig schlecht. Sie begab sich in die andere Richtung. Während sie so durch den Themenpark schritt, hörte sie zwei Gäste reden: "Ich habe gehört, dass hier schon mal Besucher verschwunden sind." "Ach, das sind doch nur Gerüchte aus dem Internet. Glaub nicht alles was im Netz steht."
Alice schaute sich weiter um. Sie kam an einem Ort vorbei, der offensichtlich eher für Kinder gedacht war. Allerdings befanden sich dort keine Kinder. Offenbar konnte man dort nach schönen Steinen buddeln; nach Steinen, die zwar wertvoll aussahen, aber nichts wert waren. Eben Dinge wie Narrengold und so weiter. Dieser Bereich kostete, wie so viele andere Bereiche, auch noch extra Eintritt. Das hieß, man musste zusätzlich etwas bezahlen, um zu arbeiten und dann als Belohnung wertlose Steine zu kriegen, die mehr Schein als Sein waren. Bewacht wurde dieser Buddelbereich von einem unfreundlich dreinblickenden Orientalen.

Überhaupt kam es der jungen Blondine so vor, als würde der ganze Park mehr oder weniger ständig überwacht werden. Gewiss, hier und da gab es anscheinend Kameras, aber es waren vor allem die Angestellten, die irgendwie alles misstrauisch im Auge behielten. *Ich bezweifele, dass die Gäste das sonderlich erholsam oder behaglich finden.*

Alice marschierte weiter und als sie an einem Holzhaus vorbei kam, fiel ihr etwas aus dem Augenwinkel auf. Sie ging einen Schritt zurück und spähte durchs Fenster. Wie schon viel zu oft in den letzten Tagen sah sie mehrere uniformierte Polizisten. Die Beamten bekamen jeweils ein Geldbündel überreicht und zwar von einem Angestellten des Erdbeerparadieses. "Danke. Aber ich denke mal das ist das Mindeste dafür, dass wir den Deckel drauf halten was die vermissten Personen betrifft", sagte einer der Polizisten.

Ach du meine Güte, dachte Alice und ging schnell weiter, als sich einer der Beamten in Richtung des Fensters zu drehen schien, durch welches Alice hinein geschaut hatte.

Da war sie offenbar gerade noch rechtzeitig ihrem Instinkt gefolgt, denn nur Sekunden später schaute der Polizist durch das Fenster, weil er sich beobachtet glaubte. Aber da war Alice inzwischen um eine Ecke verschwunden. "Also verschwinden hier Leute. Nur warum?", fragte sie sich.

Da erhielt Alice auch schon die Antwort. Sie sah zwei ihrer Kollegen in der Nähe einer großen Erdbeere herumstehen und plötzlich öffnete sich die Erdbeere und

Tentakel kamen heraus. "Vorsicht!", rief Alice ihnen noch zu, aber da schnappte sich die Riesenerdbeere, die aussah als wäre sie aus Plastik, die beiden Kollegen und fraß sie auf.

Schmatzend zerkaute und verdaute die Riesenerdbeere die beiden Versicherungsangestellten. "Scheiße!", fluchte Alice und begann sich umzusehen.

Die verdammten Riesenerdbeeren standen überall herum. Und jedes Mal wenn Alice sich von ihnen weg bewegte, ertönte irgendwelche Themenparkmusik. Sie konnte praktisch kaum einen Schritt gehen, ohne von Bewegungsmeldern oder Riesenerdbeeren umgeben zu sein. "Der Park ist ein einziger Überwachungsstaat mit Menschen fressenden Erdbeeren", stellte Alice fest.

Sie ging beunruhigt in die andere Richtung. Dort gab es so eine Art Hüpfhügel aus Gummi. Alice kletterte darauf und begann zu hüpfen. Dabei schaute sie zu der Erdbeere hinüber, die ihre beiden Kollegen gefressen hatte. Von ihr schien eine Art grüne Wurzel oberhalb der Erde in Richtung der Erdbeerfelder zu führen. "So werden die Erdbeeren hier also gedüngt", stellte Alice erschrocken fest.

Schnell wurde ihr klar, dass es nur eine Rettung für ihre Kollegen gab. Sie mochte diese Idiotenbande zwar nicht, aber als Futter für Monstererdbeeren zu enden war dann doch zu grausam und das hatten sie eigentlich nicht verdient. Also stieg Alice wieder vom Gummihüpfhügel hinab und schaute sich weiter um. Sie suchte etwas ganz Bestimmtes und zwar den Feueralarm. Als sie ihn gefunden hatte, löste sie ihn aus, sodass im Park Panik ausbrach und alle Besucher abhauten. "Puh. Geschafft. Und jetzt raus hier", sagte Alice zu sich selbst und wischte sich erleichtert über die Stirn.

Da wurde sie plötzlich von hinten gepackt und in eine dunkle Ecke gerissen. Jemand presste ihr ein Tuch auf den Mund und Sekunden später war sie weggetreten.

*

Komischerweise schien das Chloroform bei Alice jedoch nicht ganz zu wirken. Sie erlangte zwischendurch immer wieder das Bewusstsein. Auf diese Weise hörte sie die Parkangestellten mit einander reden. "Wieso hat diese Irre den Feueralarm ausgelöst?", fragte einer.

"Keine Ahnung. Aber sie gibt bestimmt gutes Erdbeerfutter ab", meinte ein anderer.

"Ich habe sie gesehen. So wie sie in Richtung der scheinbaren Riesenplastikerdbeeren geschaut hat; sie scheint etwas zu wissen. Kann es sein, dass sie die Erdbeeren so sehen konnte wie sie wirklich sind?"

"Unsinn. Nur Meister Kraven kann das. Und wir, aber eben nur wegen der magischen roten Erdbeerketten. Deswegen tun die Beeren uns auch nichts; und Kraven nicht, weil er der Meister ist."

"Erzähl das Kevin. Ach ja, geht ja nicht; den haben sie letzten Monat gefressen."

70

"Kevin war unvorsichtig. Er hat sich in Gegenwart der Riesenerdbeeren geschnitten und da konnten die Beeren eben nicht widerstehen. Wodurch bekommen die Erdbeeren bei uns wohl ihr schönes Rot? Und warum können wir sie auch im Winter anbieten? Die großen Monstererdbeeren fressen ab und an ein paar von den Besuchern und das was sie ausscheiden pumpen sie in unsere Felder und füttern damit die kleinen Erdbeeren, die wir an die ahnungslosen Kunden verkaufen. Die Kunden essen die Erdbeeren, die Erdbeeren essen die Kunden. Ist doch irgendwie fair oder?"

"Warum erklärst du mir das? Das weiß ich doch längst alles; ich arbeite sogar länger hier als du."

"Na weil es Spaß macht. Die Natur wehrt sich eben und das finde ich geil. Die dummen Menschen kriegen was sie verdienen. Von mir aus könnten die Riesenerdbeeren alle Menschen fressen."

"Etwa auch alle Migranten?"

"Wie? Nein! Natürlich nicht! Das wäre voll rassistisch. Die sollen sich nur von den scheiß Weißen ernähren", meinte der eine Typ der Alice zusammen mit seinem Genossen trug.

"Wie auch immer. Aber was ist nun, wenn diese Frau hier die Riesenerdbeeren wirklich so sehen kann wie sie sind? Sollten wir sie dann nicht erstmal zu Meister Kraven bringen, bevor wir sie an die Pflanzen verfüttern?"

"Na was glaubst du, wo wir sie gerade hin tragen?"

"Ach so."

71

*

In einer großen, fensterlosen Scheune waren inzwischen
alle Mitarbeiter und die korrupten Polizisten
angekommen. Die scheinbar bewusstlose Alice ließ sich
weiter in den Armen der beiden Entführer hängen.
"Wann kommt denn Euer Meister?", wollte einer der
Polizisten wissen.
Einer der Angestellten ging an sein Funkgerät und fragte
nach. Als Antwort erhielt er die Erklärung, dass der
Boss noch vor dem Eingang damit beschäftigt war die
Kunden wegen dem Feueralarm zu beruhigen. Er werde
aber in fünf Minuten da sein. Alice ließ sich noch immer
hängen, öffnete aber vorsichtig ihr rechtes Auge ein
Stück weit und schaute sich um. Sie bemerkte, dass
einer der Angestellten ein langes Messer in Händen
hielt. "Was willst du damit?", fragte ihn ein Anderer.
"Na, wieso sollen denn die Erdbeeren alleine den
ganzen Spaß haben? Wenn Kraven sie befragt hat, will
ich mich amüsieren."
Oh Gott, bitte hilf mir, dachte Alice ängstlich.
Sie würde nur allzu gerne kämpfen, aber es waren so
viele. *Wenn es wenigstens dunkel wäre. Wenn ich an den
Lichtschalter da drüben irgendwie heran käme...
Moment mal... ich habe doch geträumt wie ich all diese
fiesen Mistkerle gekillt habe; warum sollte so etwas
Ähnliches nicht noch einmal klappen? Ich muss nur
versuchen zu schlafen...*

72

Alice ließ sich weiterhin hängen und schloss ihr rechtes Auge wieder vollständig. Sie konzentrierte sich auf den Geruch des Chloroforms und versuchte an entspannende Dinge zu denken um einzuschlafen. Sekunden später gleitete sie hinab ins Reich der Träume.

*

Im Reich der Träume angekommen schaffte Alice es problemlos mit Telekinese a'la Carrie den Lichtschalter auszumachen. Dann nahm sie, die sie im Dunkeln alles gut sehen konnte, einem der Angestellten seine Kette ab, legte sich besagte Kette als Schutz um und dem anderen Typen entwendete sie das Messer. Mit diesem Messer stach und haute sie um sich, bis sie jeden der Anwesenden verletzt hatte. Dann rannte sie aus der Scheune hinaus und ließ die Türen sperrangelweit offen. Aggressiv und durch das Adrenalin nicht weiter darüber nachdenkend rannte ihr die Horde wütender Typen hinterher. Alice lief direkt diesem "Meister Kraven" in die Arme. "Was hast du vor?!", schrie er sie an. Er war mindestens zwei Meter groß und schlug mit seiner gewaltigen Pranke nach Alice. Sie bekam den Schlag beinahe mitten ins Gesicht. Hätte er sie voll erwischt, wäre das unangenehm für sie gewesen. Sie stach zweimal blitzschnell mit dem Messer auf ihn ein, traf beide Male und rannte dann weiter. Kraven und seine Bande folgten ihr. Alice schaute sich immer wieder um. Dann blieb sie plötzlich stehen und hielt den heranstürmenden Typen lachend das Messer entgegen, von dem das Blut tropfte.

"Warum lachst du?", fragte Kraven, während er sich die tiefere der beiden Stichwunden hielt.

"Ihr seid solche Vollidioten!", rief sie ihnen zu.

Da sahen sich Kraven und seine Leute sowie die korrupten Polizisten um und bemerkten die Riesenerdbeeren, die dabei waren sie alle zu umzingeln.

"Nein! Das dürft Ihr nicht! Ich bin euer Meister!", schrie Kraven, als die Pflanzen begannen sich über seine Angestellten und die Polizeibeamten herzumachen.

Als sie alle gefressen hatten, fielen sie über ihn her. Er schaffte es mit purer Muskelkraft zwei der Pflanzen zu zermatschen, aber die Übrigen erwischten ihn dann doch. "Nein! Ich habe euch gezüchtet! Wie könnt ihr es wagen?!", brüllte er noch, während die fleischfressenden Pflanzen ihn verspeisten.

"Ich sehe Euch in der Hölle. Und zwar vom Himmel aus", sagte Alice, warf das Messer ins Maul einer dieser riesigen Pflanzen und begann dann zu brüllen: "Das ist nur ein Traum! Ich will aufwachen!"

Als das nicht gelang und sie bemerkte, dass die Pflanzen nun auch ihr immer näher kamen, fluchte sie über sich selbst und darüber das sie das Messer weggeworfen hatte. "Mist. Wenn es so läuft wie beim letzten Mal gibt es wohl nur einen Weg aufzuwachen."

Wegen dem vielen Blut das von anderen Leuten an ihr klebte, waren die Pflanzen nun auch hinter Alice her. Sie schnappten sich die junge Frau und fraßen sie auf.

*

Alice erwachte in der leeren Scheune. Sie schaute sich
um, aber es war stockdunkel. Sie erinnerte sich noch
daran wo der Lichtschalter war und ging hin. Nachdem
sie das Licht angeknipst hatte, untersuchte sie ihre
Kleidung. "Kein Blut", stellte sie zufrieden fest.
In ihrer Nähe lag eine der roten Erdbeerketten. Alice
legte sie sich um und schaute sich weiter im Gebäude
um. Sie fand ein paar Kanister Benzin und kippte es
überall aus, während aus der Ferne schon die
Feuerwehrsirenen erklangen. Schnell zündete Alice das
Benzin an und rannte weg. Sie flitzte in Richtung
Ausgang, ging aber nicht auf direktem Weg nach
draußen, sondern kletterte nahe dem Ausgang an einem
unbeobachteten Winkel über den Zaun. "So ähnlich
habe ich es mit meinem Bruder und meiner Mutter
zusammen auch mal gemacht, als wir Urlaub in Berlin
machten und Papa keinen Bock hatte den überteuerten
Eintritt ins Bernauer Ritterfest zu zahlen. Tja, gute alte
Zeit. Sollte Mama und Papa mal wieder in Ungarn
besuchen", murmelte Alice, während sie über den Zaun
kletterte und sich, während die Feuerwehr anrückte,
langsam und unauffällig in Richtung ihrer Bürogruppe
begab.
Von Alice nahm niemand so richtig Notiz. Alle schauten
nur zum Eingang des Parks und dann dorthin wo nun

der Rauch aufstieg. Die Feuerwehr hielt an und wollte sogleich mit den Löscharbeiten beginnen. Da stellten sie fest, dass der Schlauch undicht war und kein Wasser abgespritzt werden konnte. "Verdammt! Wir müssen einen neuen Wagen anfordern!", fluchte einer der Feuerwehrmänner.

Da die Feuerwehr in Frankfurt am Main jedoch massiv überlastet war, dauerte es drei Stunden bis ein weiterer Wagen kommen konnte. In der Zwischenzeit rieten die Feuerwehrleute den Besuchergruppen zu verschwinden, was diese mittels ihrer Busse auch taten.

Währenddessen brannte der Park komplett ab und mit ihm auch alle Pflanzen und wie die Feuerwehr sowie die Polizei schätzten auch alle Angestellten und der Parkbesitzer.

Alice lehnte sich auf der Rückfahrt zufrieden in ihrem Sitz zurück und war froh diese Erdbeerhölle einigermaßen gut überstanden zu haben. Sie genoss die vorbeiziehende Landschaft solange bis die Bäume nicht mehr zu sehen waren und wieder die hässlichen Wolkenkratzer der Großstadt sichtbar wurden. Als das passierte, wendete sie ihren Blick ab, um sich nicht die gute Laune verderben zu lassen. Sie hatte gerade eine irre Erdbeersekte vernichtet und war verdammt stolz auf ihr blutiges Werk.

Ende des vierten Kapitels

Kapitel 5: Alice im Titanicland

Nachdem Alice die Erdbeerhölle überstanden hatte, gab es beim Aussteigen großes Gejammer, dass mehrere Mitarbeiter verschwunden waren. Das war freilich schon beim Einsteigen in den Bus aufgefallen, aber es war wegen des sich ausbreitenden Brandes keine Zeit mehr gewesen, sich darum zu kümmern. Also wurde nun die Polizei informiert und nach einer endlos langen Wartezeit kamen endlich ein paar Beamte vorbei und stellten ihre Standardfragen. Die Polizisten schien das Ganze jedoch nicht sonderlich zu interessieren. "Wir hatten heute drei Einsätze wegen tödlicher Messerattacken. Und in allen Fällen haben wir die Täter zwar verhaftet, aber linke Anwälte und Richter werden Mittel und Wege finden, um sie in ein paar Tagen wieder auf freien Fuß zu setzen. Aus 'vielfältigen' Gründen. Ich will endlich Feierabend machen", hörte Alice einen der Polizisten seinem Kollegen zuflüstern. Tatsächlich dauerte die Befragung nicht mehr lange und Alice berichtete, als sie dran war, lediglich das sie nichts gesehen habe und sich große Sorgen um die Kollegen machen würde. Nachdem alle fertig befragt worden waren, durften sie nach Hause gehen.

*

Alice begab sich nach Hause und beschloss diesen stressigen Tag mit ein paar Filmen ausklingen zu lassen. Zuerst versuchte sie sich den Film "Illuminati" nach dem Roman von Dan Brown anzusehen, aber der war ihr schnell zu blöd. Zunächst einmal war das ganze Theater sehr unlogisch und obendrein auch noch christenfeindlich. Das fing schon mal damit an, dass es den von Brown propagierten Kampf der Wissenschaft gegen die Religion so nie gegeben hat. Viele Wissenschaftler waren religiös; beispielsweise Kopernikus, Kepler, Newton oder Pascal. Sie alle hielten Wissenschaft und Glauben auch nicht für Widersprüche. Auch an kirchlichen Hochschulen wurde und wird nach wie vor weiterhin naturwissenschaftlich geforscht. "Und dann sucht der Autor sich als Beispiel für einen Papst der von seinem Nachfolger ermordet wurde zielsicher den einen Papst aus, der freiwillig zurückgetreten ist. Jedenfalls zu dem Zeitpunkt als Browns Buch erschienen ist. Und da behauptet der ernsthaft, Coelestin V. wäre von seinem Nachfolger ermordet worden, um das Amt einzunehmen. So ein Blödsinn. Als ob ein Zwölfjähriger das Buch geschrieben und ein Kleinkind es verfilmt hätte. Was soll der Quatsch? Warum wird sowas ein Weltbestseller? Ach ja, medial hochgejubelt weil christenfeindlich. Ich könnte kotzen. Wenn man sich diesen Mistfilm ansieht, hat man das Gefühl in der Geschichte eines Kleinkindes gefangen zu sein. Obwohl... dieses Gefühl habe ich sowieso öfter. Als ob sich ein Kleinkind oder ein verrückter Erwachsener mein Leben ausgedacht hätte.

Aber andererseits... vielleicht ist dieser Jemand auch nur ganz besonders kreativ... Hm..."

Alice schlug gegen die Wand, um sicherzugehen das sie sich in der Realität befand. Da ihr nach dem Schlag die Hand weh tat, war sie wohl im wahren Leben. "Aua. Vielleicht hätte ich das lieber lassen sollen. Tut schon etwas weg. Aber irgendwie wollte ich es mal wieder wissen; also Scheiß auf den Schmerz. Was solls; mal sehen was ich sonst noch so über die ganzen verdammten illegale Kanäle gratis schauen kann?", fluchte Alice und schaltete sich weiter durch die dunklen Untergründe von youtube.

Sie fand schließlich ganz tief im Youtubekaninchenbau den Film "The Last Witch Hunter" mit Vin Diesel und schaute sich den Film an. Besonders mochte sie Chloe, die ihr irgendwie bekannt vorkam und von Rose Leslie gespielt wurde. Die junge Frau fand Alice sofort liebenswert und fühlte sich mit ihr verbunden. Auch der gute alte Sir Michael Caine war ihr sympathisch und Alice schätzte Diesels schauspielerische Leistung in dem Film. Am Ende war Alice zufrieden und positiv überrascht. "Wow. Ein Vin Diesel Film, der logisch und in sich selbst konsistent ist. Er kann doch, wenn er nur will. Gute Arbeit."

Alice sah sich weiter um. Schließlich fand sie "Der Tag an dem die Erde stillstand 2" von und mit C. Thomas Howell. Und dafür das es ein Film von "The Asylum" war, gefiel er Alice sogar ziemlich gut. "Auf jeden Fall besser und logischer als der Kram von Dan Brown. Hey, wenn meine Geschichte einmal verfilmt wird, können das gerne auch die Jungs von 'The Asylum' machen; die kriegen das bestimmt gut hin. Und wenn nicht, wird es wenigstens lustiger Trash wie 'Sharknado'", sagte Alice zu sich selbst.

Dann schaute sie auf die Uhr und stellte entsetzt fest wie spät es war. "Ach scheiß drauf. Ich melde mich morgen krank", beschloss sie und schaute sich noch "Titanic 2" online an.

*

Am nächsten Tag meldete sich Alice für den Rest der Woche "krank" und da war sie wohl nicht die Einzige. Nach den unangenehmen Ereignissen im Erdbeerpark hatten viele Mitarbeiter einfach keinen Bock sich im Büro blicken zu lassen. Alice fuhr für ihre Krankmeldung extra raus zu Dr. Mirana und berichtete ihr zumindest einen Teil dessen was sich im Park ereignet hatte. Das der Brand und die verschwundenen Kollegen Alice belasteten, verstand die Landärztin natürlich und schrieb Alice nach einer kurzen Routineuntersuchung krank.

Also schickte Alice die Krankschreibung an ihren Arbeitgeber, ging erstmal eine große Menge Lebensmittel einkaufen und bunkerte sich für eine Woche in ihrer Wohnung ein. Der einzige Kontakt den sie in dieser Zeit zu anderen Menschen hatte war ein liebevolles Telefonat mit ihrem Bruder Peter. Gut, bei ihren Eltern und ihrem Großvater meldete sie sich per Mail und beantwortete auch deren Antworten, aber richtig gesprochen hatte sie lediglich mit Peter. Wann die Hochzeit von ihm und Ashley stattfinden sollte, stand übrigens noch nicht fest.

Sie verbrachte die nächsten Tage ganz entspannt und abgeschottet mit Büchern und Trashfilmen. Ihren Wecker schaltete sie aus und meinte zu ihm: "Kleiner, du leistest mir gute Dienste, aber es gibt kaum etwas Schöneres, als zu wissen, dass ich dein Klingeln die nächsten Tage nicht brauche."

Erst eine Woche später legte sie sich wieder früh schlafen, um am darauf folgenden Tag zur Arbeit in die Firma zurück zu kehren.

*

Der Wecker weckte Alice mit gewohnt schrillem Ton. *Ach schade, dass ich keinen Wecker habe, der statt mich zu wecken automatisch ein ärztliches Attest zum Arbeitgeber schickt*, dachte Alice während sie aufwachte und das Gerät ausschaltete.

Sie zog sich um, warf ihre Schlafsachen auf's Bett und ging müde und genervt ins Büro.

In der Firma angekommen hatte sie gerade ihren Computer angeschaltet, als die neue Chefin Frau Red sie in ihr Büro winkte. Die Neue hatte das Büro vom alten Boss übernommen. Sie stellte sich Alice zehn

81

Minuten lang mit sinnlosem Gerede vor. Alice behielt nur im Gedächtnis, dass die neue Chefin offenbar gerne Forschschenkel aß. Schließlich sprach sie aber doch ein paar für Alice relevante Worte: "Sehen Sie, unsere Firma hat derzeit einige finanzielle Verluste erlitten. Mein Vorgänger hat einen Haufen Geld verschenkt, bevor er sich umbrachte und dann auch noch dieses Desaster neulich im Erdbeerpark. Die Leichen der verschwundenen Kollegen wurden noch immer nicht gefunden. Es sieht also alles andere als gut für unser Unternehmen aus."

"Also wollen Sie mich feuern?", fragte Alice und versuchte dabei nicht allzu hoffnungsvoll zu klingen. In Gedanken fügte sie aber hinzu: *Gefeuert zu werden ist sogar besser als zu kündigen. Wenn man kündigt, wollen so Läden wie das Jobcenter oder die Agentur für Arbeit immer irgendwelche Begründungen hören. Wird man entlassen, kann man einfach immer sagen, dass die Firmenbosse Einsparungen vornehmen. So hat es mir jedenfalls neulich Peter am Telefon erläutert; offenbar hat er weiter nachgeforscht und noch mehr dazugelernt.*

"Nein", sagte die Chefin und zerstörte so die Hoffnungen von Alice auf ein entspanntes Leben als Arbeitslose.

Nach einer viel zu langen Kunstpause fügte Frau Red hinzu: "Stattdessen beauftrage ich Sie mit einem Außeneinsatz. Sehen Sie, wir haben ein Schiff versichert. Die 'Titanic 3'."

"Was? Sie haben ein Schiff versichert das 'Titanic 3' heißt?!", rief Alice überrascht aus.

"Ja, aber keine Sorge. Das Schiff fährt nur auf dem Main hin und her; da gibt es keine Eisberge. Leider ist die Versicherungssumme trotzdem sehr hoch und wenn dem Schiff etwas passiert, kostet uns das Millionen."

"Bei allem Respekt, aber warum versichern Sie dann ein Schiff so hoch? Noch dazu eines mit so einem Namen?", wollte Alice wissen.

"Das Ganze ist ja nicht auf meinem Mist gewachsen. Mein Vorgänger hat das gemacht und offenbar war er dem Kapitän noch einen Gefallen schuldig, denn in den Verträgen hat er die ganzen üblichen Ausnahmeklauseln weg gelassen. Sie wissen schon, die mit denen wir die Kunden so oft verarschen."

Alice nickte. Die neue Chefin war also auch nicht besser als der Alte. *Soll ich sie auch umlegen? Nur, kommt nach ihr nicht jemand anders und übernimmt den Job?*, überlegte Alice und fragte: "Sagen Sie, wie kommt es eigentlich das Sie zu uns kamen? Ich meine, ich habe Sie zuvor noch nie in der Firma gesehen?"

"Nun, das ist eine sehr komplizierte Firmenpolitik. Das haben die großen Bosse ganz oben entschieden", antwortete Frau Red und deutete nach oben, während sie in Gedanken hinzufügte: *Und ich habe nicht umsonst mit jedem von denen geschlafen.*

"Okay. Aber was stimmt denn jetzt mit dem Schiff nicht? Gut, es wurde irgendwie überversichert wenn ich das richtig verstanden habe, aber solange nichts passiert..."

"Es ist aber bereits etwas passiert. Vier Passagiere sind verschwunden. Und ich möchte, dass Sie nach dem

Rechten sehen. Schauen Sie sich das Schiff 'Titanic 3' an und forschen Sie nach, ob und wenn ja welche Gefahren dort auf unsere Firma lauern könnten."

"Na gut. Wann soll ich aufbrechen und wo befindet sich das Schiff?", fragte Alice.

Die Chefin gab ihr eine ausgedruckte Wegbeschreibung und etwas Bargeld. "Davon können Sie sich Tickets sowie Geld für Taxis für die Fahrten zum und vom Hafen kaufen. Sie fahren morgen dorthin und beginnen mit Ihren Nachforschungen. Wenn Sie morgen nichts herausfinden, probieren Sie es die nächsten Tage nochmal. Zur Not die ganze Woche. Das Geld dürfte dafür locker reichen."

"In Ordnung. Dann lege ich morgen los", stimmte Alice zu, die froh war ein paar Tage lang nicht am Schreibtisch sitzen zu müssen.

"Super. Dann viel Spaß noch bei der Arbeit."

Damit war Alice aus dem Gespräch entlassen und begab sich zurück an ihren Schreibtisch. Natürlich nutzte sie einen Teil ihrer Arbeitszeit, um über das Schiff und den Kapitän Recherchen anzustellen.

*

Als der nächste Tag anbrach konnte Alice gut ausschlafen. Die "Titanic 3" startete ihre Fahrt erst gegen Mittag. Alice gönnte sich ein ausgiebiges Frühstück und setzte sich anschließend entspannt in ihren Sessel. Sie stopfte sich ihre Pfeife und begann die Wohnung voll zu qualmen. Gelassen dachte sie an die bevorstehende Schifffahrt. Der das Schiff besitzende Kapitän Zane machte auf der Webseite keinen schlechten Eindruck, aber Alice war ihm gegenüber trotzdem skeptisch.

Nachdem sie fertig geraucht hatte, ging sie in die Küche und packte ein schönes, langes Küchenmesser in ihre Handtasche. Dann rief sie sich ein Taxi. Bei dieser Fahrt geriet sie jedoch an einen eher schweigsamen Fahrer, sodass es zu keiner lustigen Unterhaltung kam. Als Alice schließlich am Hafen ausstieg, war es bereits Mittag und die Sonne schien. "Ich wäre jetzt lieber in meiner dunklen Wohnung", murmelte Alice und ging in Richtung des Schiffs.

Sie bezahlte den Preis für ein Ticket und begab sich an Bord. Und die Innenwände hatten es in sich. Ja, von außen waren schon die klassischen Schornsteine sowie die weiß-schwarz-rote Bemalung aufgefallen, die der ursprünglichen Titanic ähnelten. Natürlich war dieses Schiff, bei dem es sich offensichtlich um eine Fähre für entspannte Flussfahrten handelte, sehr viel kleiner. Aber innen hatte man das Titanic-Thema wirklich auf die Spitze getrieben. Überall hingen Bilder mit Szenen aus den zahlreichen Titanic-Verfilmungen herum.

Unfassbar. Etliche Menschen sind bei diesem Unglück gestorben und Hollywood schlachtet das mit lauter Filmen aus. Na ja, das tut der Kapitän ja irgendwie auch. Hm. Da stellt man sich schon die großen moralischen Fragen. Ist es anständig, an so einer

*Katastrophe Geld zu verdienen? Na ja, dieser Logik
folgend dürfte es auch keine Bücher über die zwei
Weltkriege oder den siebenjährigen Krieg geben; von
Filmen ganz zu schweigen. Menschen gehen drauf und
andere Menschen erzählen Geschichten darüber;
vielleicht um damit Geld zu verdienen, vielleicht auch
um ein literarisches oder filmisches Werk zu schaffen,
dass ihnen am Herzen liegt. Oder das einfach nur in
ihrem Kopf herumspukt und schreit 'Ich will raus'. Und
das so lange, bis es endlich raus kommt. Oh. Neben dem
bekannten Film mit Leonardo DiCaprio und Kate
Winslet von James Cameron gab es auch von 1943
einen Film aus Deutschland. Hm. Den würde ich gerne
mal sehen. Oh. Da drüben hängt auch der von Don
Rosa gezeichnete Untergang des Schiffs, bei dem laut
Rosa Dagobert Duck an Bord war. Tja, der Kapitän gibt
wirklich sein Bestes, aber es ist schon irgendwie schräg.
Aber ich muss gerade reden... Nur... trotzdem habe ich
hier an Bord irgendwie ein ungutes Gefühl..., dachte
Alice.*
Sie schaute sich noch ein wenig die Bilder an, bis sie
sich unbeobachtet wähnte. Dann begann Alice herum zu
schnüffeln, um herauszufinden was auf dem Schiff
passierte.
Dem Internet zufolge waren mehrere Passagiere
während oder zumindest kurz nach der Fahrt
verschwunden. Die Polizei wusste wie fast immer auch
nichts Genaueres. Alice untersuchte die Wände ein
wenig genauer. Sie befühlte das Holz und irgendwie
fühlte es sich eigenartig an. Dann fiel ihr eine Tür auf,

die in den unteren Bereich des Schiffs führte. Alice schaute sich um, ob sie jemand beobachtete und als sie keinen Menschen sah, schlüpfte sie durch die Tür. Sie ging eine Treppe hinunter und hatte bald das Gefühl, dass sie sich in dem Bereich des Schiffs befand, der unter Wasser lag. Plötzlich kam sie in einen Bereich, der stockdunkel war. Alice tastete nach einem Lichtschalter und als sie einen Knopf fand, drückte sie ihn. Eine kleine Lampe ging an und leuchtete den Bereich aus. Sie schaute sich um, konnte aber nichts finden. Enttäuscht keine Spuren zu entdecken, wandte Alice sich wieder ab. Da fiel ihr Blick auf einige seltsame Zeichen, die anscheinend ins Holz eingearbeitet worden waren. Alice nahm ihr Handy und fotografierte die Symbole ab. Dann ließ sie die Dinger durch das Internet laufen und nach ein paar Minuten erklärte ihr das Handy, dass es sich um Symbole der Azteken handelte. Praktischerweise wurden die Zeichen auch gleich mit ins Deutsche übersetzt. "Oh nein. Schon wieder ein menschenfressendes Monster?! Fällt denen denn nichts Besseres ein?", stöhnte Alice genervt auf.
Der Übersetzung zufolge waren die Holzteile des Schiffs aus besessenen Bäumen gebaut wurden, denen man früher in Mexiko Menschen geopfert hatte.
"Bescheuerter ging es wohl nicht?", meckerte Alice, drehte sich um und ging die Treppe wieder hoch. Während sie wieder hinauf stieg, fragte sie sich: "Die Frage ist nur, ob der Kapitän weiß was hier vorgeht?"
"Er hat keine Ahnung."
"Ah. Okay. Danke", bedankte sich Alice.

Dann fiel ihr auf: "Moment mal. Wer hat das gesagt?"
"Na ich."
Alice drehte sich um. Die Seitenwand links hinter ihr
hatte sich plötzlich in einen riesigen Mund verwandelt,
der bedrohlich näher kam. Rasch rannte Alice die
Treppe hoch und holte ihr Messer aus der Tasche. Damit
stach sie mehrmals nach dem Maul voller spitzer Zähne.
Nach mehreren Treffern brüllte der Mund: "Wie kannst
du es wagen! Ich bin ein Gott und du bist mein Opfer!"
"Du bist kein Gott! Es gibt nur einen Gott. Und du bist
nur ein weiteres Mistvieh, dass bald zur Hölle fahren
wird", antwortete Alice.
Oben an der Treppe angekommen, schloss sich die Tür
von selbst. "Du kommst hier nicht mehr heraus."
"Abwarten", sagte Alice und trat die Tür ein, während
sie erneut mit ihrem Messer nach einem neu gebildeten
Mund stach.
Das Monster gab nun jede Zurückhaltung auf. Überall
entstanden Monster und fraßen die Passagiere. "Großer
Gott! Was ist hier los?!", schrie der Kapitän panisch.
Alice sah wie ein paar Passagiere über Bord sprangen,
aber der Bug des Schiffes verwandelte sich in ein
riesiges Maul und fraß sie einfach auf.
"Schnell! Gibt es hier irgendeinen Raum, der nicht aus
Holz ist?", fragte ihn Alice.
"Ja, die Küche."
"Dann führen Sie mich hin. Aber flott."
Alice wehrte zwei weitere Angriffe mit ihrem Messer
ab, bis sie und der Kapitän es schnell in die Küche
geschafft hatten. "Was passiert hier nur?", fragte der

Kapitän panisch.

"Ihr Schiff ist eine Art Monster von den alten Azteken. Und es frisst Menschen."

"Kann es hier reinkommen?"

"Ich weiß nicht. Die Wände sind hier mit Metall versehen", stellte Alice fest.

"Ja und der Boden hat Kacheln. Weil das Schiff ist ja aus Holz und ich will kein Feuer riskieren."

"Feuer? Das ist es!", rief Alice aus und wollte den Herd anmachen.

Doch der Herd ging nicht an. "Vergesst es! Ich kann Euch da zwar nicht erreichen, aber ich weiß genau wo Ihr seid und Ihr werdet kein Feuer machen können; ich habe die Leitungen blockiert", verkündete das dämonische Schiff.

Dann lasse ich mir etwas anderes einfallen, dachte Alice.

Sie schaute sich kurz in der Küche um. Dann nahm sie einen Kochtopf. Sie nahm alles was sie an Tabasco finden konnte und kippte es in den Topf. Dann noch alles was sie an Olivenöl zu fassen bekam, sowie mehrere Flaschen Rum, Pfeffer, Salz, Chilisauce, Curry und den Inhalt einiger unbeschrifteter Flaschen.

"Können Sie das hier gebrauchen?", fragte der Kapitän. Dabei hielt er Alice eine Ein-Liter-Flasche Tabasco Scorpion Pepper Sauce hin; den derzeit schärfsten Tabasco der Welt.

"Ja", antwortete Alice und kippte die ganze Flasche hinein.

"Und das hier vielleicht noch?", fragte Kapitän Zane

und reichte Alice eine "Extrem Scharfe Chilisauce mit Carolina Reaper & Trinidad Scorpion".

"Sicher", sagte Alice und kippte auch diese Flasche hinein.

Dann fragte sie: "Wo haben Sie das eigentlich her?"

"Mutproben mit Freunden."

"Haben Sie noch etwas?"

Der Kapitän nickte und öffnete ein Schubfach. Darin befanden sich mehrere Dosen Surströmming aus Schweden. Er öffnete eine Dose nach der anderen und Alice kippte sie alle in den Topf. Das Zeug stank absolut abartig und Alice musste fast kotzen durch den Geruch. Dem Kapitän machte das alles jedoch nichts aus. "Das Sie so ein Zeug gegessen haben, ist vielleicht der Grund warum das Monster Sie und Ihre Freunde hier auf dem Schiff noch nicht gegessen haben", mutmaßte Alice. Nachdem alles Surströmming im Topf war, fragte Alice: "Haben Sie noch etwas?"

"Ja, im Kühlschrank."

Der Kapitän holte etwas aus dem Kühlschrank, was in einer Frischhaltebox war. "Igitt. Was ist denn das?", fragte Alice.

"Hákarl. Das ist eine isländische Spezialität aus fermentiertem Haifischfleisch."

"Rein damit", sagte Alice.

"Respekt, dass Sie das alles aushalten ohne zu kotzen."

"Danke", bedankte sich Alice.

"So. Und was nun?"

"Nun öffnen Sie die Küchentür", sagte Alice und nahm den großen Topf in beide Hände.

Der Kapitän öffnete die Tür und Alice trat mit dem Topf aus der Küche. "Ah. Ihr gebt endlich auf", sagte ein großes Maul, dass direkt vor ihr aus der Wand kam. "Nicht wirklich", antwortete Alice und kippte das ganze Zeug dem Monster ins Maul.

Das Monster begann so laut zu brüllen, dass man den Schrei noch weit außerhalb von Frankfurt am Main hörte. Es schrie vor Schmerz und Ekel entsetzlich laut auf. "Los!", schrie Alice, doch der Kapitän konnte sie nicht hören.

Er blutete aus beiden Ohren. Alice packte ihn an der Hand und zog ihn mit sich. Sie rannten, während um sie herum so laut gebrüllt wurde, als würde die Welt untergehen. Schnell trat Alice eine weitere Tür ein und prompt waren sie an Deck. Dort sprangen sie ins Wasser und tauchten erstmal unter. Gemeinsam schwammen sie in Richtung des nächstgelegenen Ufers. Das Monster versuchte währenddessen das Essen auszuspucken, was mittels des Klebers erschwert wurde, den Alice der Suppe beigemischt hatte. Während Alice und der Kapitän an Land kletterten, begann die Bestie sich aufzublähen. *Auch wenn das Vieh uns in der Küche vom Gas abgeschnitten hat, müsste es doch trotzdem Gastanks an Bord geben, die...*

Weiter kam Alice mit ihrem Gedanken nicht. Eine gewaltige Explosion vernichtete das menschenfressende Ungeheuer. Alice und der Kapitän wurden von der Druckwelle zu Boden gerissen und die blonde Frau fiel in eine unsanfte Ohnmacht.

*

Ein paar Stunden später erwachte Alice. Neben ihr lag der Kapitän. Tot. Ein Stück des bösen Holzes hatte ihn durchbohrt. Der nicht gerade kleine Holzsplitter bildete ein Auge und einen Mund. "Das ist alles deine Schuld. Deinetwegen verrecke ich, du hinterhältiges Stück Dreck", sagte es anklagend zu Alice.

Während es Alice wütend anstarrte, verrottete das Holz und zerfiel zu Asche, die sich rasch auflöste. "Selbst schuld. Du hättest ja keine Menschen fressen müssen. Jetzt fahr zur Hölle."

Das böse Holz erwiderte nichts mehr, sondern zerfiel einfach weiter und war schließlich weg. Auf dem Fluss tauchten die ersten Boote von Polizei und Feuerwehr auf. Alice machte das sie weg kam. Sie hatte keine Lust den Beamten die Vorfälle zu erklären; die Wahrheit würde man ihr ohnehin nicht glauben.

Ende des fünften Kapitels

Kapitel 6: Alice im Thüringer Land

Am nächsten Tag ging Alice wieder in die Firma zurück, um ihrer Chefin Bericht zu erstatten. Sie erzählte nichts davon, dass sie an Bord des Schiffs gewesen wäre; vielmehr behauptete sie einfach, sie hätte die Fahrt leider knapp verpasst und den Plan gehabt dann einfach die zweite für diesen Tag geplante Flussfahrt am späten Nachmittag zu nehmen. Die Chefin glaubte ihr das und meinte nur: "Was soll's. Das Problem hat sich ja nun erledigt. Dem Schiff ist zwar etwas zugestoßen, aber der Kapitän ist tot und er hinterlässt keine Erben. Außerdem hat er wohl auch auf dem Schiff gewohnt, sodass alle Dokumente die seine Versicherung bei uns belegen mit in die Luft geflogen sein dürften. Wir sparen also Millionen und unser Unternehmen kann weiter existieren. So, nun aber wieder an die Arbeit."

Genervt von diesem Ergebnis ihrer Mission ging Alice wieder an ihren Arbeitsplatz. Während sie so an ihrem Computer saß, schossen ihr jedoch einige Fragen durch den Kopf: *Warum habe ich die Schreie des Horrorschiffs besser weggesteckt als der Kapitän? Liegt das an meinen besonderen Fähigkeiten? Und verdanke ich diese Fähigkeiten dem noch immer unidentifizierten Mittel, dass mir gespritzt wurde? Und wer hat mir das Zeug warum gespritzt? Als ich die liebe Landärztin das letzte Mal aufsuchte, wusste sie noch immer nicht worum es sich bei dem Zeug handelt.*

Dann bemerkte Alice ein Grummeln in ihrem Magen. *Ach verdammt. Jetzt habe ich auch noch Hunger. So ein Mist. Und ich habe keine Kohle mit genommen; außer der Knete von meinem Auftrag und das Geld von der Schiffsmission hat die Chefin ja zurückverlangt. Dieses Miststück.*

Also blieb Alice keine andere Wahl, als mit der Essensmarke der Firma etwas aus der Kantine zu holen. Der Hunger trieb es runter, aber der Körper stieß es nach einer Weile ab, sodass Alice kurz vor Feierabend die WC-Ente füttern musste und sich nach Feierabend noch immer im Gebäude befand. Sie war nicht allein; einige Leute machten auf allen möglichen Etagen Überstunden. Da bemerkte Alice etwas aus dem Augenwinkel. "Oh nein. Nicht schon wieder. Heraus damit; bist du dieser Schiffsdämon? Hast du überlebt?" Doch die riesigen beiden Augen und der Mund in der Wand blickten sie freundlich an, wenn auch ein wenig überrascht. "Du kannst mich wahrnehmen?", wunderte sich die Kreatur.

"Ja", sagte Alice und zuckte nur mit den Achseln.

"Also ich habe dich und die anderen Leute hier ja schon eine Weile beobachtet und du bist schon ungewöhnlich. Du bist sogar mir ein bisschen unheimlich. Einerseits hast du deinen Chef auf einer Ebene der Existenz getötet und gleichzeitig auch wieder nicht. Du warst da und doch warst du nicht da; das ist höchst seltsam", meinte das seltsame Wesen.

"Und wer bist du? Wie heißt du?"

"Meinen wahren Namen auszusprechen würde deinen

menschlichen Verstand überlasten. Nichts für ungut. Nenne mich einfach Jabberwocky. Das würde doch passen, immerhin heißt du Alice und hier passiert eine Menge Nonsens."

"Na gut, Jabberwocky. Und was willst du hier?"

"Warum fragst du mich das? Ich war schließlich zuerst hier? Du hast doch in mir zu arbeiten angefangen."

"Also bist du das ganze Gebäude?", fragte Alice.

"Ja. Überrascht?"

"Nein, nicht wirklich. Aber warum bist du hier? Um Menschen zu fressen?"

"Was für ein Unsinn! Nein. Sieh mal, kurz nachdem der Wolkenkratzer fertig gebaut war, haben wir ihn in unsere Dimension teleportiert. Stahl und Beton sind dort in etwa so viel wert wie bei Euch Gold und Silber. Und dann haben sie mich hier her teleportiert und ich nahm die Gestalt des Gebäudes an."

"Und warum?"

"Um die Menschen zu studieren. Ich bin im Grunde ein Außerirdischer aus einer anderen Dimension und mache hier meinen Doktor in Gruselkunde. Und sag selbst, was gibt es Gruseligeres als in einem Büro zu arbeiten?"

"Na so einiges."

"Und was?"

"Zum Beispiel in einem Büro im Bürgeramt zu arbeiten? Ich meine, ja der Job ist Mist; das weiß ich inzwischen auch, aber in einem Bürgeramt oder einem Bezirksamt im Rathaus zu arbeiten ist noch viel schlimmer."

"Meinst du echt?", fragte der Außerirdische.

"Ja. Natürlich. Da könntest du jeden fragen, der schon mal stundenlang auf so einem Amt wegen ein paar Unterlagen warten musste. Von den Mitarbeitern ganz zu schweigen, die Monate lang bei irgendwelchen Anträgen herumtrödeln. Das ist der blanke Horror."

"Na gut. Dann danke für den Tipp. Mach's gut."

"Du auch", sagte Alice, während die durchaus wohlwollend schauenden Augen und der Mund wieder verschwanden.

Zwei Sekunden später wurde der Feueralarm ausgelöst. Alice verließ das Gebäude und die übrigen noch dort tätigen Gestalten taten es ihr gleich. Nachdem alle Menschen draußen waren, verschwand der riesige Wolkenkratzer vor ihren erstaunten Augen. Alice zuckte nur die Achseln, drehte sich um und wollte nach Hause gehen. Da flog ihr eine fette, durch das verschwundene Gebäude erschrockene Taube mit voller Wucht gegen den Hinterkopf. Alice fiel nach vorne und knallte auf den harten Betonboden.

*

"Ich liebe dieses Spiel einfach. Es ist so herrlich drüber", sagte eine Stimme.

"Ich auch, aber ich mag diesen Andy eigentlich nicht", entgegnete eine andere Stimme.

"Na und? Ist doch egal. Ich spiele das Spiel sowieso nur wegen Ashley", erwiderte daraufhin die erste Stimme.

Wo bin ich?, dachte Alice und blinzelte mit den Augen, während sie aus einem tiefen, diesmal traumlosen Schlaf erwachte.

Sie schaffte es noch nicht sie zu öffnen, aber sie betastete sich den Kopf, um den ein Verband gewickelt war.

"Ich weiß. Du hast dich ja sogar nach ihr benannt", sagte daraufhin die erste Stimme, die Alice nun als die ihres Bruders Peter erkannte.

Langsam schaffte sie es nun die Augen zu öffnen.

"Hallo?", sagte sie fragend.

Ashley und Peter drehten sich um. Sie hatten bis eben vor dem Bett gesessen und gezockt. Nun sprangen beide auf und kamen zu Alice ans Bett. "Schön das du wieder wach bist", begrüßte sie Peter.

"Wie geht es dir?", fragte seine Verlobte Ashley.

Alice befühlte ihren Kopf nochmal und fragte dann: "Was ist passiert?"

Deine Kollegen meinten, dir ist eine Taube an den Kopf geflogen und du bist übel gestürzt, nachdem dein Arbeitsplatz einfach... verschwunden ist. Einige behaupten, es sei eine Strahlenwaffe gewesen; so wie die von Chefinspektor Dreyfus in dem Film 'Inspektor Clouseau, der 'beste' Mann bei Interpol'", antwortete ihr Bruder.

"Und dann hat man dich erstmal zu der Landärztin gebracht, bei der du ein paar Mal warst. Weil die Krankenhäuser in der Stadt überfüllt sind. Aber auch sie hatte diesmal keinen freien Platz für dich, also hat sie sich an uns gewandt. Du hattest als Notfallkontakt bei ihr Peter angegeben und sie meinte nach ein paar Untersuchungen, dass du schon wieder von selbst aufwachen würdest", fügte Ashley der Erklärung von Peter hinzu.

"Na gut. Und wo genau befinde ich mich jetzt?", fragte Alice.

Da erklang draußen Gesang: "Thüringen, Thüringen, du Land von Björn Höcke geliebt. Thüringen, Thüringen, wie schön dass es dich giebt!"

Ashley und Peter lächelten. "Also in Thüringen", stellte Alice fest.

"Genau. Und nun wo deine Firma weg ist; welche Gründe gäbe es für dich noch in Frankfurt am Main zu bleiben? Du kannst bei uns wohnen", schlug Peter vor, während Alice zustimmend nickte.

"Mir fielen nur die Frankfurter Paulskirche ein. Und die grüne Sauce. Oh... und wohl auch noch der schöne Zoo. Aber ich denke mal die kann ich alle ab und an mal besuchen kommen", meinte Alice.

"Genau. Und hier drüben in Thüringen gibt es auch schöne regionale Spezialitäten. Die Thüringer Rostbratwurst zum Beispiel", sagte Ashley.

Draußen sang der Typ von eben weiter: "Thüringen, heiliges Thüringen, du schaust aus der Kühnen Gesicht. Thüringen, heiliges Thüringen, in Ewigkeit stirbst du nicht. Wo stehen wie hier deine Söhne, so leuchtend dem Ewigen treu? Thüringen in blühender Schöne; immer erhebst du dich neu! Thüringen in blühender Schöne; immer erhebst du dich neu!"

"Wenn du einverstanden bist, kümmern Ashley und ich

uns um den Umzug. Wir holen alles aus deiner Wohnung und keine Sorge; mit deinen Pfeifen gehen wir besonders vorsichtig um."

"Einverstanden."

"Super", freuten sich Peter und Ashley gleichzeitig.

"Sagt mal, habt Ihr schon einen Termin für die Hochzeit?", wollte Alice wissen.

"Übernächsten Monat", antwortete Ashley und zeigte stolz auf den Ring am rechten Ringfinger.

"Ein schöner Ring", lobte Alice.

"Ja. Hat Peter für zwei Euro aus einem Kaugummiautomaten geholt", entgegnete Ashley.

"Ashley legt keinen Wert auf teuren Schmuck", bemerkte Peter.

Ashley nickte überglücklich. "Übrigens. Im Dorf hat vor Kurzem ein schönes neues Restaurant aufgemacht. Man kann dort total leckere Spezialitäten unserer Thüringer Heimat essen. Wenn du wieder richtig fit bist, gehen wir da mal hin. Es wird dir gefallen", berichtete Peter.

"Apropos, hast du Hunger?", fragte Ashley.

"Ja. Und ganz schönen Durst", antwortete Alice.

Peter und Ashley holten Alice erstmal ein Glas Wasser und machten ihr dann leckeren Apfelsaft und ein paar Kartoffelpuffer. Nach dem Essen legte sich Alice wieder hin und schlief mit dem Gedanken ein: *Vielleicht habe ich meine Gabe mit den Träumen und so ja nun durch die Schläge auf den Kopf wieder verloren...*

*

In ihren Träumen wanderte Alice zu einem Flohmarkt in Frankfurt am Main. Dort verkaufte ein bärtiger Mann Comichefte und telefonierte auf arabisch. Alice verstand ihn seltsamerweise trotzdem. Er wollte mit seinen Gewinnen aus diesem Handel radikale Islamisten finanzieren. Also klaute sie ihm kurzerhand ein Black-Widow-Comic. Sie steckte sich das Comic mit dem Titel "Tödliche Herkunft" ein, doch der Typ sah sie. Sie rannte weg und er rannte hinter ihr her. Alice stürmte über die Straße und er folgte ihr. Da kam wie aus dem Nichts ein Lastwagen und überfuhr sie beide.

*

Alice erwachte wieder in ihrem weichen, bequemen Bett in Thüringen. "Hm. Dann werde ich wohl morgen in den Onlinenachichten erfahren, ob das nur ein Traum oder die Realität war."
Sie ließ sich wieder in ihr Kopfkissen sinken und bemerkte, dass etwas darunter lag. Alice zog unter dem Kissen das geklaute Comicheft aus der Zeit hervor, als Marvel noch halbwegs cool und nicht von einem linksversifften, kapitalistischen Disney-Großkonzern zerstört worden war. Alice nahm sich das Comic und begann zu lesen.
Nach der Hochzeit ihres Bruders suchte sie sich eine

schöne Schwarzarbeit und lebte noch viele glückliche Jahrzehnte in ihrem beschaulichen Dorf in Thüringen, während sie in ihren Träumen immer wieder nach Frankfurt zurück kehrte, um dort böse Menschen heimzusuchen und ihrer gerechten Strafe zuzuführen. Sie unternahm oft sehr viel mit ihrem Bruder und ihrer Schwägerin; häufig wurden auch der Großvater im Dorf und manches Mal die Eltern in Ungarn besucht.

Ende des letzten Kapitels

Rachels Salon-Eine Kurzgeschichte

Von Christian Schwochert

Rachel van Hagen hatte viel Arbeit in ihren Salon gesteckt. Sie hatte ihr letztes Geld in dieses Lokal am Rande von Berlin investiert. Die Lage war nicht besonders gut, aber auch nicht allzu schlecht. Sie hatte die Räumlichkeiten zu einer halbwegs annehmbaren Miete erhalten, weil sie dem Vermieter mal das Leben gerettet hatte und das Geschäft lag noch immer im sogenannten B-Bereich der Berliner BVG. Das bedeutete, man musste die Stadt nicht verlassen, um ihren Salon zu erreichen. Die Wände hatte sie mit schönen Bildern von bedeutenden Persönlichkeiten der deutschen Geschichte behangen. Nun schmückten Portraits von großen Deutschen wie Jean Paul, Ludwig Tieck, Friedrich Schlegel, Wilhelm und Alexander von Humboldt, Friedrich de la Motte Fouqué, Prinz Louis Ferdinand und dessen Geliebter Pauline Wiesel, Heinrich Heine, Fürst Hermann von Pückler-Muskau, Georg Wilhelm Friedrich Hegel, Eduard Gans und Bettina von Arnim ihre Wände. Rachel war sehr zufrieden. Alles war sauber, ordentlich und blitzblank. Selbst den Bürgersteig vor dem Lokal hatte sie gut gefegt, damit die Gäste sich willkommen fühlten. Da kamen plötzlich ein drei bärtige Asoziale die kaum dem Teenageralter entwachsen waren und begannen vor

ihrem Laden herumzulungern. Sie holten ihre Joints heraus und kifften. Rachel öffnete die Tür und rief ihnen zu: "Bekifft Euch woanders! Ich warte auf Kundschaft!"
"Kundschaft kannst du haben! Ich ficke dich für fünf Euro, du scheiß deutsche Hure!", antwortete der eine und grinste überheblich.
Rachel überlegte. "Fünf Euro? Okay. Komm rein."
Überrascht glotzte der Typ die schöne, schwarzhaarige Rachel an. Dann warf er seinen Joint weg, lachte und sagte: "Geil."
Er folgte Rachel in den Laden und die junge Frau führte ihn ins Lager.

*

Fünf Minuten später kam Rachel wieder nach draußen und verkündete: "Der ist viel zu früh gekommen. Man war dem das peinlich. Er ist durch den Hinterausgang abgehauen. Also: Wer von Euch will es als Nächstes versuchen? Ihr könnt das doch bestimmt besser, oder?"
"Ich!", rief der eine.
"Nein ich!", schrie der andere.
"Ganz ruhig. Dann bist eben erst du und dann du dran", entschied Rachel und zeigte nacheinander auf die beiden Typen.
Der auf den sie als erstes gezeigt hatte, folgte ihr in den Laden und zeigte seinem Kumpel noch einen Daumen hoch.

*

Weitere fünf Minuten später kam Rachel wieder zurück nach draußen und sagte dem letzten dort stehenden Typen: "Wie schade. Er hat es auch nicht gebracht. Jetzt bist du dran. Zeig mir, dass du ein Mann bist."
"Inshallah werde ich es dir kräftig besorgen", meinte er, während Rachel ihn ins Lager führte.
"Nach dir", sagte sie und ließ ihn vor sich durch die Tür gehen.
Blitzschnell hatte sie einen Eispickel aus ihrer Schürze gezaubert und rammte ihm das Ding mit voller Wucht in den Nacken. Tot sackte der Typ zusammen. Rachel schleifte ihn zu seinen zwei toten Genossen in die Kühlkammer. "Scheint so als ob jemand da oben doch nicht wollte, dass du es mir kräftig besorgst. Tja, viel Spaß in der Hölle ihr Kiffer; Drogen und vorehelicher Sex sind ja auch bei Euch auch eigentlich verboten", meinte die schöne Rachel diebisch grinsend zu dem Toten.
Dann schloss sie die Kühlkammer ab und wischte das Blut vom Boden und vom Eispickel ab. Anschließend ging sie nach draußen und fegte die Reste der Joints weg, die dort noch herumlagen. Ein wenig erfrischendes Raumspray später roch es auch nicht mehr nach den Drogen und eine halbe Stunde danach kamen die ersten Gäste.

Rachel bewirtete sie freundlich und zuvorkommend, sodass sie an diesem Abend viele gute Bewertungen im Internet bekam. Später in der Nacht kümmerte sie sich um die Beseitigung der drei Leichen. Sie fuhr die Toten mit ihrem Auto ab nach Brandenburg, wo sie sie in einem schönen Moor versenkte. "Eigentlich ist dieses Moor viel zu gut für Euch, aber was soll's. In ein paar Jahrhunderten wird man Eure Leichen finden und sich fragen wer Ihr wohl wart", sagte Rachel, nachdem sie die letzte der drei Leichen im Moor hatte verschwinden lassen.

Anschließend fuhr sie nach Berlin zurück in ihre Wohnung und tankte Kraft für den kommenden Arbeitstag in ihrem schönen, sauberen, stilsicheren Salon.

Ende

Zusatz: Zwei Artikel über die Kaiserfront-Romanreihe

Die Geschichte, wie sie hätte verlaufen müssen! – Die Kaiserfront-Romane (1/2)

Von Christian Schwochert

Vor mehr als einem Jahrzehnt, genau genommen im Jahre 2010 begann eine der großartigsten Military-Fiction-Romanreihen, die jemals das Licht der Welt erblickt hat. Die Rede ist von „Kaiserfront 1949". Mit Band 1 „Die schwarze Macht" schenkte der Autor Heinrich von Stahl zahlreichen Lesern eine wunderbare Alternativweltromanreihe, in der Deutschland den Ersten Weltkrieg gewonnen hatte und sich 1949 erneut den USA, Großbritannien und der Sowjetunion zum Kampf stellen muss.

Die Geschichte, wie sie hätte sein sollen

Was unterscheidet die Kaiserfront-Reihen von den Alternativweltromanen, Filmen und Serien anderer Künstler? Die Bücher stehen klar dem wokewestlichen Klischee der „deutschen Bösewichte" entgegen. Außerdem wird nicht das in der Sci-Fi-Szene beliebteste Szenario durchgespielt, in dem Deutschland den Zweiten Weltkrieg gewinnt. Stattdessen wird gezeigt,

107

wie die Welt aussehen könnte, wenn Deutschland den Ersten Weltkrieg gewonnen hätte. Also keine Hitlerherrschaft und infolgedessen auch keine Auswanderung von jüdischen Wissenschaftlern, die sich im Kaiserreich, wo sie immer korrekt behandelt wurden, ja sehr wohl fühlten. Und mal ehrlich: Hatte nicht jeder Patriot schon mal das Gefühl, dass die deutsche Geschichte anders hätte verlaufen sollen? Das wir den Ersten Weltkrieg hätten gewinnen müssen? In den Kaiserfront-Romanreihen wird dieser Wunsch Wirklichkeit!

Hauptheld der Romanreihe ist zweifelsohne General Hans von Dankenfels, der im Laufe der Reihe Oberhaupt der Kaiserlichen Schutztruppe (kurz Kastrup) wird. Diese Elitesoldaten kämpfen stets an vorderster Front mit dabei. Die meisten Helden der Bücher sind Deutsche, allerdings gibt es auch russische Helden. Einer von ihnen wird, nachdem der westliche Teil der Sowjetunion von den Roten befreit wurde, neuer Zar von Russland. Neben Hans von Dankenfels ist noch der Rittmeister Wilhelm von Timmer erwähnenswert, der von Anfang an mit dabei ist und als Pilot große Heldentaten im Krieg vollbringt. Auch Oberst Hans Rohwedder, der zu einem der besten Soldaten des Reiches wird, sollte hier nicht vergessen werden.

Besser als andere Alternativweltgeschichten

Doch was macht die Bücher dieser Reihen so

besonders? Was unterscheidet sie, abgesehen von den deutschen Helden, noch von anderen Kunstwerken dieser Art? Nun, zum einen sind sie sehr leicht zu lesen. Die Autoren schreiben alle sehr flüssig und die Bücher haben meistens pro Stück um die 192 Seiten. Das heißt, mal hat jedes Buch, wenn man ein schneller Leser ist, in ein bis zwei Tagen durch. Und obwohl gerade Heinrich von Stahl sehr viel Wert auf Wissenschaft und technische Details legte, waren die Werke für mich trotzdem verständlich; auch wenn ich von Wissenschaft und Technik eher wenig verstehe.

Dieser Unterhaltungsfaktor unterscheidet die Kaiserfront-Romane von anderen Alternativweltbüchern wie denen des Christian von Ditfurth. Ich hatte zwei Bücher von ihm; „Der 21. Juli", wo das Stauffenberg-Attentat gelingt und „Das Luxemburg-Komplott", wo der Spartakusaufstand Erfolg hat. Ich muss leider sagen, ich habe wirklich versucht das 21.Juli-Buch zu lesen. Das erste Mal brach ich so auf Seite 50 ab und fing dann Jahre später nochmal an. Da schaffte ich es dann immerhin etwas über Seite 100. Es macht wenig Freude diese Bücher zu lesen; der Schreibstil passt einfach nicht zu mir als Leser. Dafür kann der Autor gewiss nichts, aber es ist eben so: nicht jeder Roman passt zu jedem Leser.

Eine andere Alternativweltgeschichte ist „The Man in the High Castle" von Ridley Scott. Gute Deutsche sucht man dort vergebens. Es ist schon sehr bezeichnend, dass die Amerikaner auch noch so lange nach Kriegsende dieses Klischee pflegen. Andererseits findet man in dieser Serie auch nicht gerade viele gute Amerikaner; nur sehr wenige und vielleicht noch ein paar gute Japaner. Neben etlichen sehr bösen Japanern. Überhaupt hat Scott die Japaner im Gegensatz zu den Deutschen sehr vielschichtig gezeigt. In den Kaiserfront-Büchern gibt es auf Seiten der Sowjetunion ja auch gute und böse Russen. Und ehrenhafte sowie unehrenhafte Briten findet man bei den Kaiserfront-Romanen ebenfalls; diese Differenzierung gelingt Heinrich von Stahl besser als Ridley Scott.

Scotts Serie basiert auf dem Roman „Das Orakel vom Berge" von Philip K. Dick. Aber es gibt natürlich Unterschiede. In Dicks Roman ist die neutrale Zone wesentlich größer und das dritte Reich hat deutlich weniger Gebiete besetzt; Kanada zum Beispiel ist im Roman nach wie vor frei und der Süden der USA ist eine Art Vasall des Reiches. Da fragt man sich, wie würde Ridley Scott wohl die Romane der Kaiserfront-Reihen verfilmen? Natürlich ist das Wunschdenken, denn selbst ein Mann wie Scott hätte wohl nicht den Mut, sich an diesen Stoff zu wagen. Was schade ist, denn spannend ist die Geschichte auf jeden Fall!

Deutschland in Bedrängnis – Die 1949er-Reihe

In der Alternativwelt von „Kaiserfront" beginnt der Zweite Weltkrieg erst im Jahre 1949. Das deutsche Kaiserreich ist das mächtigste Land der Erde und verfügt als einzige Macht über Atomwaffen. Als die

110

Amerikaner ebenfalls anfangen, Atombomben zu bauen, kann und will Deutschland nicht zulassen, dass Schurkenstaaten wie die USA oder die Sowjetunion solche Waffen besitzen. Also werden die amerikanischen Anlagen kurzerhand bombardiert. Gewiss ist es reiner Zufall, dass zu der Zeit, als die Romanreihe begann, Israel die Atomanlagen des Iran kurze Zeit zuvor zerbombt hatte; ebenfalls mit dem Schurkenstaat-Argument. Nun ja, die Kaiserfront-Reihe ist voll von solchen Anspielungen.

Während der Vernichtung der amerikanischen Anlagen gelingt es den Amis jedenfalls von Timmer und einige seiner Leute gefangen zu nehmen. Also entsendet das Reich Spezialeinheiten und diese hauen ihre Kameraden wieder raus. Gleichzeitig wird die deutsche Mondmission von den Sowjets angegriffen; ja, in den Kaiserfront-Büchern findet die erste Mondlandung bereits 1949 statt und geht von Deutschland aus. Der zweite Weltkrieg beginnt und die rote Armee marschiert mit einem gewaltigen Heer nach Westen.

Nun denken sich einige deutsche Offiziere wohl: Kein Problem. Wir haben Atomwaffen. Also fliegen die Atomraketen, aber sie gehen nicht hoch. Wie auch, wenn sie vorher von einem Verräter gehackt wurden. Zu allem Überfluss sammeln die Roten die eingeschlagenen, aber nicht hochgegangenen Superwaffen auch noch ein und machen sich daran, sie für ihre eigenen Zwecke brauchbar zu machen. Das muss verhindert werden.

Während zahlreicher Schlachten und Spezialmissionen lernt der Leser die Soldaten und Offiziere des Kaiserreichs kennen und lieben. Allerdings sieht es im zweiten Weltkrieg erstmal ganz und gar nicht gut für die deutsche Armee aus. Sie verliert am Anfang viel Boden im Kampf gegen die rote Armee, fügt dieser jedoch in zahlreichen Rückzugsgefechten schwere Verluste zu. Erst auf der Linie Königsbert-Warschau-Lublin bereitet man sich auf eine Abwehrschlacht vor. Bei dieser Abwehrschlacht gelingt es den Deutschen mehrere sowjetische Armeen einzukesseln und zu besiegen.

Deutschland gewinnt am Ende den Krieg und zwingt nach der Eroberung Englands die USA und die Sowjetunion zu einem Geheimfrieden. Die Atomwaffen des Reiches, die am Anfang durch einen gerissenen roten Hacker unbrauchbar gemacht wurden, sind am Ende auch wieder einsatzbereit. Ein Grund zur Freude, aber der Frieden ist nicht von Dauer. Der deutschen Führung ist bewusst, dass die außerirdischen Invasoren 1953 die Erde heimsuchen werden. Also wird der Krieg offiziell weitergeführt, damit man vor der Weltöffentlichkeit das Hochrüsten und Bunker bauen rechtfertigen kann. Erst als die Außerirdischen 1953 durch ein Raum-Zeit-Struktur-Feld in den USA landen und ihren Vernichtungskrieg gegen die Menschheit beginnen, wird die Weltöffentlichkeit informiert.

Bedrohung aus dem All – Die 1953er-Reihe

Bis zum achten Band mit dem Titel „Die Londoner Kriegsverbrecherprozesse" gab uns Heinrich von Stahl actionreiche Schlachten mit ehrenhaften deutschen Soldaten als Helden. Dann folgte Band 9 von einem anderen Autoren und im Anschluss ging es mit „Kaiserfront 1953" weiter. In dieser Reihe, die wiederum sechs Bände hatte, kämpften das Deutsche Kaiserreich und der von ihm geführte Nordische Bund gegen die außerirdischen Invasoren.

Am Anfang wird ein massiver Abwehrkampf gegen geführt. Es gelingt auch deren Invasion auszubremsen und zumindest die erste Angriffswelle massiv zu schädigen. Die Schlachten finden sowohl auf der Erde, als auch im Weltraum statt und es sieht für die Menschheit unter Führung des Kaiserreichs gar nicht so schlecht aus. Doch als die Aliens eine Art Biowaffe einsetzen, fallen dieser Milliarden Menschen und Tiere zum Opfer. Glücklicherweise wurden Vorkehrungen getroffen; es wurden viele unterirdische Bunker gebaut, die sehr gute Luftfilteranlagen haben. Außerdem wurden DNA-Proben von möglichst vielen Tierarten genommen, um sie zur Not nachzüchten zu können. Nebenbei wurden auch zur Sicherheit einige Tausend Menschen (und womöglich auch Tiere, auch wenn das nicht erwähnt wurde) in Anlagen auf anderen Planeten und Monden des Sonnensystems in Sicherheit gebracht.

Letzten Endes gelingt es Hans von Dankenfels und seinen Leuten, durch das Raum-Zeit-Struktur-Feld zu fliegen, während die zweite Alieninvasionswelle bei dessen nächster Feldöffnung hindurchfliegt. Dabei jagen sie dann den Planeten in die Luft, auf welchem sich die Führer der Aliens befinden. Indem sie der Schlange den Kopf abschlugen, entschieden sie den Krieg zu Gunsten der Menschheit. Am Ende des Krieges ist die Erde unter der Führung des deutschen Kaiserreichs vereint und der Kaiser kündigt an, die Menschheit nach dem Wiederaufbau zu den Sternen führen zu wollen. Ein herrliches Ende.

Mein Versuch einer Fortsetzung! – Kaiserfront-Extra (2/2)

Von Christian Schwochert

Es war und ist noch immer faszinierend, sich damit auseinanderzusetzen „Was wäre gewesen wenn…?".
Ein Thema, das schon viele Autoren beschäftigt hat und durch das auch ich damals als Leser auf die Kaiserfront-Werke gestoßen war. Ich wollte wissen, wie eine Welt aussähe, in der Deutschland den Ersten Weltkrieg gewonnen hat. Und ich wollte mir dabei keine Belehrungen von irgendwelchen linkswoken Zeitgeistautoren anhören. Ich wollte spannend unterhalten werden und Heinrich von Stahl gelang es, alle diese Punkte mit seinen Büchern abzuhaken. Und nun war die Reihe mit dem sechsten Band der 1953er-Reihe zu Ende. So schien es zumindest und ich als Leser fand das etwas schade. Denn ich hatte viel Freude beim Lesen der spannenden, actionreichen, gelegentlich auch etwas humorvollen Romane gehabt.

Aber ich hatte Glück, denn der sechste Band von „Kaiserfront 1953" sollte nicht das Ende sein.

Der Beginn der Extra-Reihe

Was folgte, war längere Zeit erstmal nichts. Doch dann entschied sich der Verleger, Herr Hansjoachim Bernd, eine weitere Kaiserfront-Reihe herauszugeben. 2015 erschien der erste Band. In „Die Schlacht um Paris" schilderte Armin von Hohenstein die Zeit von 1918/1919 und zeigte den jungen Hans von Dankenfels, wie er mit der von General von Lindenheim gegründeten Kastrup gegen kommunistische Aufständische kämpfte, wie die Kastrup massiv gegen diese Rebellen vorging und so den Zusammenbruch des Reichs verhinderte und wie die deutsche Armee siegreich in Paris einzog. Beim Frieden mit Frankreich wurde auf Gebietsabtritte verzichtet; einzige Bedingung war im Grunde, dass Frankreich wieder einen König bekam. Doch zu Ende war der Krieg damit noch lange nicht, aber die Prequel-Reihe schien beendet.

Sehr lange wartete ich als Fan darauf, dass weitere Bände folgten. Zuvor hatte ich mich bereits an einem eigenen Kaiserfront-Band versucht. Ich nannte ihn „Lindenheims Memoiren" und in ihm schilderte ich das Leben des Kastrup-Gründers General von Lindenheim. Ich kam bis zu den berühmten 55 Tagen in Peking, aber dann fiel mir auf: Nee, das wird so nichts und ich verwarf das Projekt lieber wieder. Schade, aber sowas passiert schon mal.

Schließlich wandte ich mich aber an den Verleger und unterbreitete ihm als Fan ein paar Vorschläge, wie man doch mit der Kaiserfront-Reihe fortfahren könnte. Er fand die Idee sehr gut, die Kämpfe um Afrika, die der erste Kaiserfront-Autor Heinrich von Stahl bereits in der 1949er-Reihe kurz erwähnt hatte, zu schildern. Also schrieb ich einen Zweiteiler über den „Kampf um Afrika". In den beiden Bänden eroberte die Armee des Deutschen Kaiserreichs die afrikanischen Kolonien der Briten, die trotz des Austritts der USA und des Wegfalls Russlands nicht bereit waren mit Deutschland Frieden zu schließen. Vielleicht hätte ich beim Schreiben etwas realistischer sein sollen, aber hey; wie realistisch ist die Invasion einer Alienarmee? Ist sie realistischer oder unrealistischer als dass die Briten gewaltige Heere aus ihren Kolonien aufstellen, um sie gegen ein fast ebenso großes deutsches Invasionsheer zu verteidigen?

Die Kritik, die ich einstecken musste

Ich musste mir damals im Netz viel Kritik anhören und ich denke, so ähnlich wie mit den Star-Wars-Prequels ist es auch hier. So manch einer wird einfach etwas anderes gewollt haben; sie wollten bei Star-Wars 1999 das haben, was sie 1977 bekommen hatten. Und sie wollten bei der Kaiserfront-Preuel-Reihe das kriegen, was sie bei der Kaiserfront-Hauptreihe bekamen. Zugegeben, manche Kritik war nicht unberechtigt und ich beschränkte mich dann ab Band 4 auch auf ein patriotisches Lied pro Buch. Aber man kann von einem Herrn Schwochert nicht erwarten, dass er wie Herr von Stahl schreibt. Während Heinrich von Stahl sich auf die Action und die technischen Details konzentrierte, konzentrierte ich mich mehr auf die Action und gelegentlich mal auf eine gute Kriegslist.

Ja, es lief wirklich ein wenig wie bei Star-Wars 1999 ab.

Statt froh zu sein, neue Geschichten zu bekommen, wurde im Netz herumgemeckert und nicht bedacht, dass wenn diese Geschichten nicht gekommen wären, überhaupt keine Geschichten gekommen wären.

Nachdem ich die Reihe fortgesetzt hatte, kam auch ein anderer Autor zum Zuge. Stefan Köhler schrieb den sechsten Band der Romanreihe und ließ Hans von Dankenfels ein Kriegsabenteuer im Osmanischen Reich bestehen. Atatürk und der osmanische Sultan durften da natürlich nicht fehlen. Ebenso wieder mit dabei war von Dankenfels Kamerad Fähnrich Friedrich, der ihn durch ganz Afrika begleitet hatte. Dieser war sogar etwas älter und ein paar Jahre länger im Krieg gewesen, aber vor dem Afrikafeldzug war er ein paar Jahre lang in Rumänien und seine dortige Tätigkeit hatte die militärische Beförderung ausgebremst. Dies wird dann in „Partisanenkampf in Rumänien" geschildert. Dort wird beispielsweise den Lesern geschildert, wie die Deutschen und ihre Verbündeten aus Österreich-Ungarn siegen und später einen neuen König von Rumänien ernennen.

Das Ende der Buchreihe bildeten dann Band 8 und 9, wo die Iren einen Aufstand gegen das britische Imperium wagen und dabei von den Deutschen unterstützt werden. General Hans von Dankenfels wird zusammen mit einigen Soldaten nach Irland geschickt, um das britische Imperium zu schwächen. Es gelingt ihnen mehrere englische Stützpunkte zu zerstören und dem Aufstand so manchen Erfolg zu verschaffen.

Allerdings schaffen es die Briten am Ende von Band 8 fast die ganze Armee zu vernichten; lediglich von Dankenfels und wenige Andere überleben dieses Gefecht. Aber das Kaiserreich gibt nicht auf; es schickt weitere Soldaten, zu denen sich von Dankenfels dann in Band 9 durchschlägt und den Kampf mit ihnen zusammen weiterführt. Nach einigen heldenhaften Kämpfen gelingt es ihnen zumindest eine gewisse Autonomie der grünen Insel zu erreichen. Zuvor hatte die britische Regierung einen bei den Iren verhassten Vizekönig eingesetzt, der das einheimische Volk wie Dreck behandelte. Mit diesem hinterhältigen und gemeinen Vizekönig Wacron hatte es übrigens eine gewisse Bewandtnis.

Das Ende, das nie erschien

Ursprünglich war geplant, dass es noch einen zehnten Kaiserfront-Extra-Roman geben sollte. Der Band sollte einen Aufstand in Algerien schildern, welcher von dem Schurken Wacron aus Band 8/9 und der Sowjetunion organisiert wurde. Deswegen ließ ich den Mistkerl am Ende von Band 9 entkommen; weil er in Band 10 seine gerechte Strafe erhalten sollte. Der Algerienaufstand sollte stattfinden, kurz bevor in Libyen die erste deutsche Atombombe in der Wüste getestet wird. Der Antagonist sollte, nachdem er in mehreren Schlachten von Hans von Dankenfels und seinen tapferen deutschen Soldaten besiegt wurde, durch die Wüste nach Libyen fliehen und dort der ersten Bombe zum

Opfer fallen.

Alternativ hätte ich es auch gut gefunden, ihn im Zweikampf mit General von Dankenfels draufgehen zu lassen. Vielleicht bei einem klassischen Schwertkampf, nachdem beiden die Munition ausging. Auf jeden Fall hätte er bekommen was er verdient und der ehrenhafte General von Dankenfels hätte über ihn triumphiert; ein würdigerer Abschluss als die Flucht des Schurken in einem U-Boot am Ende von Band 9. Vielleicht hätte es ganz am Schluss noch zu Ehren von Hans von Dankenfels und seinem Sieg über den Erzgauner Wacron eine schöne Siegesparade in Berlin gegeben; in Anwesenheit des Königs von Frankreich und des deutschen Kaisers und mit „Heil dir im Siegerkranz"-Gesang natürlich.

Der Algerien-Band hätte dann der Abschluss der Kaiserfront-Extra-Reihe und somit das letzte Kaiserfront-Buch werden sollen; ein gutes Ende für eine wunderbare Romanreihe, die ich noch immer sehr gerne mag. Doch wie Ridley Scotts Serie „The Man in the High Castle" endete auch die Romanreihe vor ihrer Zeit und anders als geplant.

Der HJB-Verlag

Ich bedaure bis heute, dass der Verleger nicht mehr wollte, dass ich es schreibe. Zumal ich auch die Gründe bis heute nicht wirklich nachvollziehen kann; die Verkaufszahlen sind gut; zumindest für mein

Empfinden. Und „sind" ist in diesem Fall korrekt formuliert, denn der letzte Band erschien 2019 und trotzdem verkaufen sich immer noch Bücher aus der Reihe. Manchmal gedruckt, meistens als E-Books. Es kommt also nach wie vor Geld in die Kasse; sogar fünf Jahre später. Lag es an den Kritiken im Netz, die nicht die Zahlen widerspiegeln? Neben einigen negativen Kritiken gab es auch viele Positive. Gewiss, ich bin kein so guter Autor wie Heinrich von Stahl, aber alles in allem waren die Leser doch sehr zufrieden. 3,5 von 5 Sternen sind im Ganzen pro Buch doch gar nicht schlecht. Die Reihe, die 24 Bände lang lief, war gewiss bei vielen Leuten sehr beliebt; trotz der lauten Meinung einer gewissen Minderheit. Aber letzten Endes ist das wohl egal, zumal ich nicht glaube, dass sich ein Verleger, der bereit war, ein Buch von Geert Wilders zu veröffentlichen, um das Gemecker von Kritikern kümmert. Das Wilders-Projekt ging irgendwie schief und so endete die Reihe „HJB-Fakten" sogar schon kurz nach ihrem Beginn.

Ich glaube ja eher, dass das Verlagsprogramm umgestellt wurde. Alles in der BRD wird teurer und die Steuern steigen obendrein. Da muss man als Verleger Prioritäten setzen, zumal man ja auch die Druckkosten trägt. Wirft man einen Blick ins Verlagsprogramm, sieht man, dass der HJB-Verlag nun vor allem auf die richtig bekannten Reihen setzt; also auf „Ren Dhark: Wege ins Weltall". Und auch Perry Rhodan kommt im Sortiment nicht zu kurz.

Das macht selbstverständlich Sinn, denn als Verleger muss man das veröffentlichen, was sich wirklich in Massen verkauft. Was in der BRD im Jahre 2019 noch als gewinnbringend galt, war es in der BRD 2020 wahrscheinlich schon nicht mehr; der wirtschaftliche Niedergang dieses Systems war schon damals für jeden, der hinsehen wollte, sichtbar. Und man kann dem Verleger da wirklich keine Vorwürfe machen; er muss seine Familie, seine Angestellten und sich selbst mit seinem Verlag durchbringen. Er ist ein Ehrenmann, was auch dadurch belegt wird, dass er mehr als einmal jungen Autoren die Möglichkeit gab, in einem patriotischen Verlag ihre Werke zu veröffentlichen. Gleichzeitig entriss er alte, klassische Werke wie „Simulacron-3 Welt am Draht" von Daniel F. Galouye der Vergessenheit. Trotz dieser Dankbarkeit von meiner Seite finde ich es natürlich weiterhin sehr schade, dass es keinen zehnten Band gibt; ich wäre sogar glücklich gewesen, wenn ein anderer (vielleicht sogar besserer) Autor der Reihe einen würdigen Abschluss gegeben hätte.

Buchtipps:

Frankfurt am Main im Jahre 2045: Marvin Kuhmichel arbeitet in einer Zeit totaler Überwachung als Polizeibeamter im Sicherheitskomplex FAM-IV. Seinen Dienst verbringt er entweder mit eintöniger Bürokratie oder brutalen Einsätzen in der verkommenen Metropole. Eines Tages stößt Kuhmichel auf eine grausame Mordserie, hinter der offenbar ein skrupelloser Serienkiller steckt. Hartnäckig verbeißt er sich in den Fall und findet dabei Informationen, die niemals an die Öffentlichkeit gelangen sollten. Dem eigensinnigen Polizisten wird bald klar, dass der Serienkiller sein geringstes Problem ist...

ALEXANDER MEROW
URALTES GRAUEN
Roman

Als Professor Ferdinand von Gardlitz von seiner
Hindukusch-Expedition nach Berlin zurückkehrt, brennt
er darauf, der Welt seine sensationellen Funde zu
präsentieren. Doch die Reaktionen der anderen
Archäologen sind anders als erwartet: Statt Ruhm erntet
der eigensinnige Forscher lediglich Hohn und Spott.
Gebrandmarkt als Narr steht von Gardlitz bald vor den
Trümmern seiner Karriere. In seiner Verzweiflung setzt
er alles auf eine Karte. Gemeinsam mit seinem Sohn
Carl und einer Gruppe zwielichtiger Seeleute macht er
sich auf die waghalsige Suche nach einem Ort, an dem

sich uralte Legenden und finsterer Wahnsinn begegnen...

Der Horror-Roman URALTES GRAUEN des deutschen Fantasy- und Science-Fiction-Autors Alexander Merow ist eine ebenso spannende wie mitreißende Melange aus Abenteuer-Geschichte und Hommage an H.P. Lovecraft.

In dem Buch "Arme Kassandra" vom Kaiserfront-Autor Christian Schwochert geht es um eine junge Frau in Berlin, die sich den Lügen und Manipulationen ihrer Umwelt erwehren muss. Am Anfang der Geschichte beobachtet sie einen grausamen Mord, aber kaum jemand glaubt ihr, dass dieser tatsächlich stattgefunden hat. Mehr noch: die Medien stellen sie sogar als Verbrecherin hin und sie ist gezwungen zu beweisen, dass der Mord wirklich stattgefunden hat.Als Bonus gibt es einen Artikel UND ein sehr gutes Interview mit dem berühmten Journalisten Billy Six. Der Artikel ist bereits in "Ariel in der Antarktis" erschienen; dadurch entstand auch die Idee ein Interview mit dem ehrenwerten

Journalisten zu machen. Hier wird es nun gedruckt
veröffentlicht.

Ariel in der Antarktis

tredition

Die Amerikanerin Ariel Summer hat gerade ihr Studium
beendet. Mit Hilfe einer deutschamerikanischen Firma
nimmt sie an einer Forschungsreise in die Antarktis teil.
Die Reise führt sie und andere junge Leute auf eine
Forschungsstadtion, die neu im Neuschwabenland
errichtet wurde. Dort machen sie so manche
überraschende Entdeckung...
Mit Bonus-Kapitel über den Journalisten Billy Six und
seine Arbeit.

EINE SILBE

Ein Fall für Luise König

tredition

Luises beste Freundin macht eine Art Zwangsurlaub in Rumänien. Da Luise sich ohne Honor langweilt, nimmt sie an einem Studentenausflug teil und gerät mitten in eine Mordserie. Und dabei wollte sie eigentlich nur ein entspanntes Wochenende außerhalb von Berlin erleben... Als Bonus gibt es am Ende des Buches noch eine kleine Analyse bezüglich der Welt von Dagobert Duck unter dem Titel "Freispruch für Entenhausen".

Christian Schwochert

Müllers Mädchen

tredition

Die englische Studentin Jenna Swift kommt nach
Deutschland, um hier zu studieren. In einer eher
ländlichen Gegend findet sie einen Universitätsplatz und
verliebt sich in ihren Literaturprofessor Müller. Das und
so manch andere Entscheidung führt schließlich zu
einigen ungeahnten Entwicklungen, denen sich Jenna
und ihre neue Freundin, die sie ebenfalls an der Uni
kennengelernt hat, stellen müssen.

EXTRA
KaiserFRONT

WINTERKRIEG IN FINNLAND

CHRISTIAN SCHWOCHERT

4

Der Nordische Bund führt Beitrittsverhandlungen mit den skandinavischen Ländern, was der Sowjetunion nicht verborgen bleibt. Finnland war es während des Großen Krieges gelungen, seine Unabhängigkeit zu erlangen - eine Tatsache, die dem sowjetischen Diktator Josef Stalin nicht gefiel. Also beschließt er, das östlichste skandinavische Land zu erobern, bevor es für die Sowjetunion durch den Bundesbeitritt für lange Zeit unerreichbar wird. Stalins Truppen fallen in die Grenzstadt Lappeenranta ein und versuchen von dort

132

aus das ganze Land zu erobern. Offiziell rechtfertigt Stalin die Invasion damit, dass Finnland lange Zeit zum alten Russland gehörte und er es von den Weißgardisten befreien will. Tatsächlich geht es dabei aber ausschließlich um eine Erweiterung des sowjetischen Machtbereichs.Doch Stalin sieht sich im winterlichen Finnland tapferen Verteidigern gegenüber, die ihr heiliges Vaterland nicht dem Sowjetimperialismus überlassen wollen. Unterstützt werden die Finnen von ihren deutschen Verbündeten, die Kaiser Wilhelm III heimlich ins Land einsickern ließ. Die deutschen Truppen stehen unter dem Oberbefehl der bewährten deutschen Generalstäbler von Ludendorff und von Stetten. Unter dem direkten Kommando von Stettens kämpft ein junger Offizier namens Hans von Dankenfels ...

Während in Zentraleuropa der Nordische Bund für Frieden, Freiheit und Sicherheit sorgt, brodelt es am westlichen Rand des Kontinents. In Spanien bricht 1936 ein Bürgerkrieg aus. Verschiedene kommunistische Gruppen kämpfen gegen General Franco und seine Anhänger. Staaten wie England und die Sowjetunion entschließen sich, die Roten inoffiziell zu unterstützen, wohingegen das Deutsche Kaiserreich Soldaten nach Spanien schickt, um Franco zu helfen. Angeführt wird das deutsche Expeditionskorps von dem General der Kaiserlichen Schutztruppe Hans von Dankenfels.Aber

Dankenfels ist nicht der einzige Angehörige einer fremden Macht, der am Kampf um Spaniens Befreiung vom Kommunismus teilnimmt. Der irische Patriot Eoin O'Duffy unterstützt von Großbritannien aus die Anhänger Francos, indem er das massive sowjetische Eingreifen in die Kämpfe sabotiert. Auf der anderen Seite schließt sich der englische Schriftsteller George Orwell den Gegnern Francos an. Zunächst hält er diese Entscheidung für eine gute Idee, bis er mit eigenen Augen sieht, wie sich seine neuen Kameraden gegenüber ihrem eigenen Volk verhalten.

Kaiser Wilhelm III. ist klar, dass bei einer Niederlage Francos der Nordische Bund aus drei Himmelsrichtungen durch Kapitalismus und Kommunismus bedroht ist: im Südwesten durch Spanien, im Nordwesten durch das von der Hochfinanz kontrollierte Großbritannien, und im Osten durch die gigantische Sowjetunion. Spanien darf erst gar nicht zur Bedrohung werden, weshalb Wilhelm III. Männer der Kastrup in den Einsatz schickt.

Zeitfracht Medien GmbH
Ferdinand-Jühlke-Straße 7
99095 Erfurt, Deutschland
produktsicherheit@kolibri360.de